JE SUIS TOUTE À VOUS

COMTÉ DE BRIDGEWATER - LIVRE 2

VANESSA VALE

Copyright © 2017 par Vanessa Vale

Ceci est une œuvre de fiction. Les noms, les personnages, les lieux et les événements sont les produits de l'imagination de l'auteur et utilisés de manière fictive. Toute ressemblance avec des personnes réelles, vivantes ou décédées, entreprises, sociétés, événements ou lieux ne serait qu'une pure coïncidence.

Tous droits réservés.

Aucune partie de ce livre ne peut être reproduite sous quelque forme ou par quelque moyen électronique ou mécanique que ce soit, y compris les systèmes de stockage et de recherche d'information, sans l'autorisation écrite de l'auteur, sauf pour l'utilisation de citations brèves dans une critique du livre.

Conception de la couverture : Bridger Media

Création graphique : Period Images; Deposit Photos: Veneratio

PROLOGUE

Hannah

Leurs mains étaient sur moi. Oui, *leurs mains*. Deux paires de grandes paumes calleuses glissaient sur ma peau nue, éveillant chaque extrémité nerveuse de ma peau. Je pouvais les sentir, une de chaque côté de moi. J'étais prise en sandwich entre deux corps durs et bien musclés, leurs bites dressées se pressant contre mes hanches. Ils me voulaient, c'était évident.

Mais deux hommes ? J'étais médecin. Ma vie sociale consistait en une pause d'une heure à minuit, pour dîner, entre deux traumatismes. La seule variation dans ma garde-robe était de savoir si je devais porter des gants en plastique vert ou bleu avec ma blouse de médecin. J'avais dû utiliser du maquillage pour la dernière fois au cours de ma deuxième année d'école de médecine et mes cheveux n'étaient rien d'autre qu'une queue de cheval pour les maintenir hors de mon visage.

Je ne pouvais pas attirer un homme dans mon lit, et encore moins deux. Eh bien, j'y avais bien amené un connard, mais ça ne s'était jamais passé comme ça. Jamais été aussi chaud et plein de désir, frénétique et... salace. L'un a trouvé le dos de mon genou, et m'a écarté les jambes. Le second calquait ses actions sur le premier, aussi j'étais sur mon dos, mes jambes bien ouvertes. Avec leurs mains me tenant ouverte, j'étais à leur merci, disponible pour tout ce qu'ils voulaient faire. Et cela incluait un doigt entourant très doucement le haut de mon clitoris.

« Ta culotte est toute trempée », dit la voix, sombre et rude. Il semblait très heureux que je sois excitée pour lui. Je mouillais ; Je pouvais sentir la soie s'accrocher à mes lèvres. Je sentais les poils durs et rugueux sur ma joue pendant qu'il m'embrassait. En inclinant la tête, je lui offris un meilleur accès.

Je sentis une traction sur ma hanche, puis entendis mes sous-vêtements en dentelle qui se déchiraient. C'était ma seule concession féminine. Une culotte en dentelle. Cette culotte était maintenant hors d'usage, juste un bout de tissu déchiré, mais je m'en fichais. Un mec venait d'arracher ma culotte. Je n'allais *pas* me plaindre.

« Jamais eu deux hommes avant ? », Les mots étaient murmurés à mon oreille. C'était le deuxième homme, la voix plus grave. Rien qu'en l'entendant, j'avais la chair de poule.

Je secouai la tête et me cognai le front.

« Tu vas adorer ».

Une main effleura mon mamelon nu et je haletai. Mon corps était si réactif, la pointe se durcissant immédiatement. Je cambrais mon dos, désireux d'en avoir plus. Cette légère caresse ne suffisait pas.

Oui, j'allais adorer.

Un doigt fit le tour de mon orifice, en contournant le pourtour mais sans entrer à l'intérieur.

« S'il vous plaît », suppliai-je. Je savais ce que je voulais et c'était eux, et tout ce qu'ils pouvaient me donner.

« Patience. Les filles gentilles obtiennent exactement ce qu'elles méritent » dit la voix alors que son doigt glissait en moi.

« Oui ! »

Tout à coup, j'eus froid, les mains chaudes et douces avaient disparu. Je ne les sentais plus autour de moi. J'étais seule. Il faisait noir et au lieu de me sentir désirée, je me sentais sale. Effrayée. Exposée.

« Les mauvaises filles obtiennent aussi ce qu'elles méritent ».

Cette voix.

Oh, Mon Dieu ! Je connaissais cette voix.

Ce n'était pas la voix des autres hommes. Non, c'était Brad.

Il était fou. Furieux. Je me recroquevillai en me pelotant pour me protéger.

Je respirais l'eau de Cologne familière et écœurante. « Tu es à moi ! Tu ne m'échapperas jamais ».

Je me redressai dans mon lit, haletante alors que je luttais contre les draps emmêlés autour de mes jambes, essayant de m'éloigner.

Un rêve.

Mon Dieu, tout était un rêve.

Pas d'hommes sexy. Pas de Brad.

J'étais dans mon nouvel appartement au-dessus du diner. Seule. Libérée de Brad, mais à peine libre.

J'étais couverte de sueur, mon t-shirt était moite, et j'avais du mal à respirer. Ma peau se refroidit rapidement, mes mamelons se durcirent. Ma chatte me faisait mal, me rappelant la façon dont j'avais été caressée dans mon rêve. Ma main glissa sous les couvertures, sous ma culotte. J'étais mouillée grâce à mon rêve. Je voulais que ces doigts me fassent jouir, avec cette idée folle en tête que j'étais au centre d'un trio. Impossible. Irréel. Mais ça n'avait été qu'un rêve. Un rêve chaud et bien salace, mais Brad l'avait gâché. Pas seulement mon sommeil, mais aussi mes heures de veille.

Il avait tout gâché.

J'avais beau avoir fui LA et ses poings cruels, mais la voix dans mon rêve avait été trop vraie.

Je ne m'éloignerais jamais de lui.

1

Hannah

La tenue vert pâle du resto était certes démodée, mais confortable ... et réconfortante. Je passai mes mains sur le mélange de polyester, pris une profonde inspiration. C'était loin des tenues auxquelles j'étais habituée, mais la simple robe avec son tablier blanc propre était un retour à une autre époque, tout comme cette ville dans laquelle je me trouvais. Bridgewater. Comment diable étais-je arrivée ici ? Pas seulement ici, comme au Montana, mais ici à me cacher. Mettre ma vraie vie en attente à cause d'un connard d'ex. Qui m'avait obligée à m'enfuir.

Cette question trottait en permanence dans ma tête depuis que je m'étais arrêtée dans cette petite ville, il y a deux semaines. Alors qu'elle était sise dans une vallée parfaite, ce n'était pas exactement Londres. C'était loin d'être une destination de vacances, et être serveuse dans le restaurant local était l'opposé de la carrière de rêve que j'avais laissée derrière moi. On ne tourne pas le dos comme ça à dix ans d'études et d'internat. Personne sauf moi. Mais une femme en fuite ne pouvait pas être difficile, et Bridgewater était aussi paumée que n'importe quelle ville pouvait l'être. Et c'était le but, n'est-ce pas ? Je n'étais pas là en vacances. Je ne profitais pas des paysages. J'étais là pour me cacher, tout simplement.

La colère maintenant familière se dissipa et je pris une profonde inspiration pour contrôler mes émotions. Je me regardai dans le miroir de la salle de bain. Seul un soupçon de maquillage - quelque chose devait bien cacher les poches sous mes yeux - et les cheveux tirés en arrière dans une queue de cheval. Mon internat ne me laissait pas le temps de me préparer, aussi étais-je habituée à être la plus naturelle possible. J'étais habituée, également, au manque de sommeil. Mais je n'étais pas debout depuis 48 heures, comme au service des urgences. Je ne ressemblais à rien, parce que j'avais peur. Et cela me mettait hors de moi ! Il m'avait réduite à ça. À moitié effrayée, à moitié folle. Honnêtement, ces jours-ci, je ne savais pas contre qui j'étais le plus en colère : mon ex parce qu'il me terrorisait ou moi-même, parce que je m'étais enfuie. Ou même parce que j'avais pu un jour voir des qualités en lui.

Brad Madison avait été le petit ami idéal ... au début. Beau, attentionné, même doux. Mais j'ai vite compris que ce n'était qu'une façade. Personne ne se met en couple avec une personne qui se révèle être un monstre. Ils étaient toujours doux et charmant, affectueux et adorable au départ. Brad n'avait pas changé du jour au lendemain non plus. Sa spirale infernale était lente et insidieuse. Il était progressivement devenu plus dirigiste, et avec le temps ses mots étaient devenus cruels. Après plusieurs semaines d'absence, tout semblait si évident. La façon dont il m'avait manipulée et me faisait douter moi-même - un cas typique d'abus émotionnel. Je voyais ça tout le temps aux urgences : une femme qui s'était « prise une porte » ou qui avait « glissé ».

Je ne l'avais pas vu à l'époque, même avec tout le temps que je passais à l'hôpital à travailler. Le changement dans Brad et dans notre relation s'était produit si graduellement que j'avais perdu toute objectivité.

Jusqu'à ce que je me prenne tout en pleine figure.

Une seule fois, mais cela faisait partie du problème. Ma première réaction après le choc et la peur a été de me dire que ça n'avait été qu'une seule fois. Je me suis trouvée à vouloir le croire, que ça n'allait pas se reproduire. Qu'il était vraiment désolé et qu'il allait vraiment changer. Que son comportement soudainement gentil était le vrai lui. Le pire de tout, c'est que je suis tombée dans le piège classique. J'ai commencé à m'en vouloir. Je brûlais les œufs. Le moment où j'ai réalisé que je lui faisais des excuses était aux urgences. J'avais mis trop de fond de teint et de crème pour cacher l'ecchymose sur ma joue, quand une femme qui avait été battue par son mari, entra aux urgences. J'avais commencé à lui sortir toutes les phrases standard, sur le fait qu'elle n'avait pas à accepter cela, qu'il y avait de l'aide, et qu'elle pouvait porter plainte. Puis elle m'a regardé, a pointé son doigt vers ma joue et m'a demandé ce qui s'était passé. J'allais ouvrir la bouche pour lui sortir un mensonge, puis j'ai réalisé, comme une ampoule qui s'éteint, que je n'étais pas différente d'elle.

Je lui ai dit la vérité, que j'avais été frappé par mon copain - à propos d'œufs !

Je lui ai dit que j'allais quitter Brad si elle quittait son mari cruel. J'ai quitté le service des urgences ce soir-là en me disant que c'était terminé. Ou que j'allais faire de mon mieux. Il m'a fallu tout mon courage pour dire à Brad que c'était fini, de peur qu'il ne me frappe de nouveau alors que je lui parlais. S'il m'avait frappé au petit déjeuner, que ferait-il quand je lui dirais que je le quittais ? À ce moment-là, j'avais vraiment eu très peur de l'homme que je croyais être l'amour de ma vie.

Je n'avais aucune idée de ce qui est arrivé à la patiente aux urgences. Je ne pouvais qu'espérer qu'elle avait obtenu de l'aide, et qu'elle était partie. Quant à moi ? J'étais partie, mais il n'y avait pas d'aide. Je ne pouvais que me cacher.

En jetant un coup d'œil autour de mon appartement d'une chambre situé au-dessus du restaurant, j'essayai de ressentir de l'admiration plutôt que du ressentiment d'avoir été chassée de mon ancienne vie et de ma carrière. Et j'étais reconnaissante. L'espace était spartiate, mais propre. Le loyer était bon marché et le trajet pour se rendre au travail était seulement une volée d'escaliers. J'avais eu de la chance de trouver cet endroit, avec ses habitants sympathiques. Bridgewater était une image parfaite, une ville de l'ouest comme un tableau de Norman

Rockwell. Le fait qu'il y ait eu un boulot à prendre dans le vieux restaurant sur la rue principale avait été un coup de chance. J'avais besoin d'argent, d'argent qui ne provenait pas d'un guichet automatique ou d'une carte de crédit qui pouvait être identifiée. Bien sûr, je n'avais pas eu le temps de me préparer une nouvelle vie avant de m'enfuir, alors je me sentais chanceuse.

J'ai ramassé mon baume à lèvres, je l'ai passé sur mes lèvres sèches, mes pensées revenant à Brad.

Après lui avoir dit que je le quittais, je suis sorti de son appartement en pensant naïvement que je ne le reverrais plus jamais. J'avais été soulagée. Libérée. Quelle idiote ! Bien sûr, il ne me laisserait pas partir aussi facilement. Quelques heures plus tard, il s'était présenté chez moi. Je savais qu'il avait bu à cause du regard vitreux dans ses yeux, et de son haleine empestant le whisky.

Tu es à moi et je ne te laisserai jamais partir.

Ces mots résonnaient toujours dans mon crâne la nuit, alors que je devais dormir. Comme le rêve bizarre de la veille. Un mélange de rêve érotique et de mon pire cauchemar. La possessivité de son ton cette nuit-là, et son ricanement me donnaient encore la chair de poule. Après cela, la situation avait dégénéré. Il s'était présenté à l'hôpital quand j'étais en poste, ivre et en colère, tout en hurlant. Il criait qu'il s'assurerait que plus aucun homme ne m'aurait. Qui sait ce qui serait arrivé si les gars de la sécurité n'étaient pas arrivés ?

Et puis il y avait eu les fleurs sur mon pas de porte avec un mot d'excuse, suivie de messages menaçants sur ma boîte vocale. Son comportement était devenu erratique et je savais que ce n'était qu'une question de temps avant qu'il ne franchisse à nouveau la ligne et ne m'agresse physiquement. J'avais été formée pour en parler à des femmes, car je savais parfaitement ce qu'un homme violent était capable de faire aux femmes.

J'avais essayé de parler à la police, mais comme rien ne s'était réellement *passé,* elle ne pouvait pas agir.

Je savais alors que si je restais à Los Angeles, la fois suivante aurait été plus grave qu'une simple joue meurtrie. Et donc j'avais fui.

Je me retournai pour faire face au grand miroir à l'arrière de la porte de la salle de bain. Contemplai mon reflet. L'uniforme, le tablier. Au revoir Hannah Winters, bonjour Hannah Lauren.

Brad était à mille lieues de là et il n'y avait donc aucun danger. Ou du moins j'espérais. Au bout de deux semaines, je commençai à respirer plus facilement, à dormir plus de quelques heures à la fois, et ne me réveillai plus à chaque petit grincement du vieux bâtiment. Ou à cause d'un putain de cauchemar. Je n'avais rien à craindre ici à Bridgewater - Brad n'était pas là - et rien que pour cela, ça en valait la peine. J'avais quitté Los Angeles et il n'avait aucun moyen de me retrouver, j'étais sûre de ça. J'avais peut-être du mal à le percer à jour, mais je n'étais pas stupide. J'étais médecin. J'avais parlé avec quelqu'un de « trouver un refuge », de « m'enfuir » sans laisser de traces. J'avais changé mon nom.

Au moment où il était parti cette nuit-là et que j'étais certaine qu'il n'attendait pas à l'extérieur de mon immeuble, je me suis lancée. J'avais jeté des vêtements dans un sac, pris de l'argent dans trois guichets automatiques différents et m'étais dirigée vers la gare routière. J'avais sauté dans le premier bus que j'avais pu trouver, puis à Salt Lake City, j'en avais pris un autre. Bridgewater était justement l'une des villes où le bus s'arrêtait pour offrir à ses passagers une courte pause et un repas. Quand je suis sortie du bus et que j'ai cette image d'une ville d'un autre temps, je me suis dit que cette petite ville ferait bien l'affaire et que je pouvais y poser mes valises. Et m'y cacher. Je resterais jusqu'à ce que je décide de l'étape suivante.

Le bus était parti sans moi et je m'étais retrouvée à flâner dans les six pâtés de maisons qui constituaient le centre-ville de Bridgewater. La rue principale était bordée de bâtiments en brique de deux étages qui sortaient tout droit du 19e siècle, avec des magasins qui vendaient des chapeaux et des bottes de cowboy, des cannes à pêche, des fusils et tout autre équipement de plein air. C'était charmant, bien sûr, mais pas exactement un épicentre de possibilités d'emploi. C'était vraiment un coup de chance que le restaurant avait un panneau affiché dans la vitrine : « chercher serveuse ». J'avais eu encore plus de chance : la propriétaire du restaurant, Jessie, semblait m'apprécier malgré le fait que j'étais une étrangère avec une expérience dans la restauration proche du zéro. Je venais juste de descendre du bus et elle me proposait un boulot au restaurant et un petit appartement au-dessus.

Jusqu'à présent, les choses s'étaient bien passées à Bridgewater. Mon boulot au restaurant m'avait bien occupée, et les habitants étaient incroyablement gentils - et j'étais à l'abri de Brad. J'avais réussi à me faire oublier. Je me forçais à sourire en voyant mon reflet. Tu vois ? Reconnaissante.

De grands yeux verts se détournèrent du reflet. Au moins, ils n'étaient plus remplis de peur - c'était quelque chose que je ne prendrais plus jamais pour acquis. Les poches noires sous mes yeux avaient également disparu. Même si je n'arrivais pas à dormir toute la nuit, un médecin avait l'habitude de manquer de sommeil. Être une serveuse dans une petite ville n'avait pas fait partie de mon plan de carrière lorsque j'ai obtenu mon diplôme d'école de médecine, mais je me suis rendu compte - étonnamment - que j'aimais ce job.

Le travail était dur, mais je savourais la distraction. En outre, le travail manuel aurait pu être difficile, mais c'était beaucoup moins stressant que de travailler aux urgences. Les clients que je servais n'étaient ni malades, ni mourants. Ils voulaient juste une tasse de café ou le plat du jour. Bien sûr, mon travail me manquait, mais faire une pause loin de tout ce stress et des ces questions de vie ou de mort était un soulagement. J'avais eu assez de stress dans ma vie grâce à Brad.

Être serveuse était un travail fatigant. Pour la première fois depuis des siècles, je m'endormais à la fin de la journée et je me réveillais après avoir fait de moins en moins de cauchemars.

D'ailleurs, je n'allais pas rester serveuse jusqu'à la

fin de mes jours. Je serais de retour à mon ancien travail assez rapidement. Mon séjour à Bridgewater serait de courte durée, le temps que Brad reparte sur le terrain, à l'étranger. Étant dans l'armée, et même en tant que lieutenant-colonel, il devait faire ce qu'on lui disait et il ne pouvait pas dire à ses commandants qu'il ne voulait pas partir à l'étranger. Il ne pouvait pas les frapper même s'il n'était pas content avec eux.

Il avait mentionné qu'il serait envoyé en Corée du Sud pour diriger un bataillon qui s'occupait de la maintenance des hélicoptères sur une base. Il allait être déployé pendant quatre ans et il ne pourrait plus me faire de mal une fois qu'il serait parti. Je ne connaissais pas la date exacte de son départ, mais d'ici quelques mois, tout au plus, nous serions séparés par l'Océan Pacifique. Tout ce que j'avais à faire était de faire profil bas jusqu'à ce qu'il soit parti et ensuite je pourrais récupérer la vie qu'il m'avait volée. Il serait en Asie. Même si je ne souhaitais à personne de subir ce qu'il m'avait fait subir, je savais qu'il trouverait probablement une autre femme qu'il contrôlerait et manipulerait. Ensuite, il m'oublierait.

Je lissai mes cheveux, la queue de cheval ne faisant pas grand-chose pour apprivoiser les boucles sauvages. Mon service démarrait dans quelques minutes et je ne voulais pas être en retard, surtout pas à cause de mon discours de motivation quotidienne. Le restaurant de la ville était toujours bondé à l'heure des repas et mes journées se déroulaient à une vitesse folle, tandis que je courais à droite et à gauche pour satisfaire mes clients.

Je pensais notamment à deux clients : Declan et Cole. Je souriais à mon reflet. Voilà deux clients que j'aurais été heureuse de satisfaire. Mon ricanement résonnait dans l'appartement calme. Je n'avais pas entendu mon propre rire depuis trop longtemps. Les hommes en question étaient venus déjeuner au cours de mes services la semaine dernière et j'espérais fortement qu'il en serait de même aujourd'hui. Dire que leur présence était le point culminant de ma journée avait quelque chose de pathétique. Mais quand je les ai vus entrer par la porte d'entrée et s'installer dans une cabine de ma partie du restaurant - toujours ma partie -, je me sentais comme une ado de seize ans avec un béguin pour le joueur de football américain du lycée.

Était-ce mal d'avoir le béguin, d'accord, deux béguins, tout en étant en fuite ? Probablement. J'ai peut-être seulement pris une petite valise, mais j'avais beaucoup de bagages. En voyant ces deux cow-boys sexy, mon cœur se mit à battre la chamade et mes paumes devinrent moites. Juste à la vue du duo viril, mes tétons se contractèrent et j'étais sûr que cela se voyait à travers le mince tissu de mon uniforme et de mon soutien-gorge.

C'étaient des cowboys, des vrais, et Jessie m'avait surprise en train de les regarder. Elle s'était approchée de moi le premier jour, s'était penchée et m'avait dit qu'ils étaient tous les deux de grands verres d'eau. Je n'avais aucune idée de ce que cette expression signifiait, mais si c'était eux qui mouillaient la culotte des femmes avec juste leur regard pénétrant, alors elle avait tout à fait raison.

Leur sex-appeal me faisait beaucoup d'effet. Les larges épaules, les mâchoires carrées, les regards pénétrants. Oui, ça marchait vraiment. À chaque putain de fois. Le temps que je me mette au lit la nuit, j'étais prêt à me caresser en pensant aux yeux bleus de Declan et au large sourire de Cole.

C'étaient des gentlemen - Jessie m'aurait averti sinon - mais leurs commentaires coquins et leur attention flatteuse me faisaient penser qu'ils pouvaient avoir, en privé, un autre comportement.

Bien sûr, ça ne voulait rien dire. Deux hommes qui flirtaient avec moi, ce n'était rien de grave. Je veux dire, deux hommes ? C'était un plaisir inoffensif et je devais admettre que c'était agréable de les voir me regarder de cette façon. Même si c'était juste pour un simple flirt. Je me sentais femme, malgré mon uniforme qui me faisait ressembler à un sac à patates.

Ce n'était pas comme si je cherchais une autre relation et j'étais certaine qu'ils étaient juste intrigués par la nouvelle femme dans leur ville. Savoir que ce n'était pas sérieux était ce qui me donnait la liberté de me lancer dans la drague. J'avais également flirté avec M. Kirby, qui était là tous les matins à sept heures pour son café et ses toasts - mais il avait quatre-vingt-quatre ans.

Cela faisait longtemps que je n'avais été autant séduite et charmée par un homme - sans parler de deux ! Surtout deux. Deux cow-boys aussi sexy. Vivant à Los Angeles, je n'avais aucune idée qu'un cow-boy était capable de faire fondre du beurre rien qu'en le regardant. *Mais deux hommes !* Avec des cheveux noirs et des yeux couleur chocolat, Cole avait un air sombre et diablement sexy. Declan, d'autre part, était l'image d'Épinal du héros américain avec des cheveux coupés courts et des yeux bleus. Il était flic, ce que je savais grâce aux potins de Jessie et en voyant son véhicule garé sur le parking avec le gyrophare, mais je n'avais aucune idée de ce que Cole faisait. En regardant ses mains calleuses, ses larges épaules et ses muscles effilés, je supposais qu'il avait un boulot plutôt physique.

Quelque chose à l'extérieur. Un vrai putain de cowboy.

J'étais certaine que Jessie savait tout de ces hommes et me donnerait volontiers des infos si j'en demandais. C'était la beauté des petites villes. Tout le monde savait tout sur tout le monde et les potins étaient considérés comme un passe-temps légitime à côté du tricot et de la sculpture sur bois.

Mais poser la question signifierait s'ouvrir à un étranger - si je posais des questions, quelqu'un pourrait très bien me poser également des questions. Je ne pouvais pas prendre de risques, malgré toute ma curiosité. Je pouvais me cacher derrière un badinage ludique; cela éviterait les questions du duo lubrique. D'ailleurs, je n'avais aucun intérêt à dire à personne que j'étais tout autant intéressée par Declan que par Cole. Jessie se contenterait de se moquer de moi.

Dans les moments plus calmes, entre deux services, je laissais mon esprit vagabonder alors que je remettais les salières et les poivrières à niveau, essayant de décider qui j'aimais le plus. Declan ou Cole ? Le roux magnifique ou le brun sexy ? C'était devenu un jeu afin de m'aider à oublier mes problèmes.

Certains jours, je pensais que c'était peut-être Cole avec ses yeux noirs fumants et ses cheveux un peu trop longs qui avaient tendance à tomber devant ses yeux. Quelque chose me disait qu'il serait un peu sauvage et très dominant au lit. Quand je fantasmais sur lui, je voyais des bandeaux et des menottes. Pas vraiment mon genre de chose, mais quelque chose à propos de Cole me laissait croire que je pourrais juste aimer ça du moment qu'il était en charge.

D'un autre côté, je rêvais à Declan quand j'étais d'humeur lente, douce et séductrice. Il avait un côté chevaleresque à l'ancienne et j'étais absolument certaine qu'il savait faire plaisir à une femme.

Chacun d'entre eux, j'en aurais mis ma main à couper, mettrait le plaisir d'une femme avant le leur.

J'y retournais à nouveau, fantasmant sur deux hommes que je ne reverrais plus jamais une fois que j'aurais quitté Bridgewater. Je n'avais pas toujours été aussi obsédée par le sexe. Je n'avais jamais songé auparavant à avoir deux hommes en même temps. Clairement, cela faisait trop longtemps que je n'avais pas eu d'orgasme - même si Brad aimait tout contrôler, il était bien incapable de me faire jouir. Il y arrivait au début, mais ma chatte semblait être un meilleur détecteur de connard que mon cerveau, parce qu'elle ne croyait plus en ses mensonges. Pendant longtemps, je me disais que c'était moi - que ma libido avait disparu ou que j'étais peut-être devenue frigide. Ce pouvait être ça, non ?

Mais après avoir passé du temps loin de Brad, je connaissais la vérité. J'avais envie d'être baisée, mais pas lui.

J'étudiai une dernière fois mon reflet, en gardant à l'esprit que mes deux clients favoris seraient probablement assis à l'une de mes tables. Secouant la tête, je devais me rappeler que le flirt ludique était tout ce que je pouvais me permettre. Pourquoi seraient-ils intéressés par moi ? Le baume à lèvres ne rendait pas mes lèvres plus pleines. Le mascara ne faisait rien pour mettre mes yeux en valeur. Et la couleur verte menthe de l'uniforme jurait avec ma peau pâle. Je n'allais pas remporter de concours de beauté, mais il était assez ajusté pour dévoiler ma taille fine et suffisamment court pour montrer mes jambes. Mais je portais des chaussures de sport, afin de soulager mes pieds d'une journée passée debout. Quel look d'enfer !

Je jetai un dernier coup d'œil dans le miroir, m'assurant que le reflet renvoyé me convenait. La vanité n'avait pas d'importance puisque mes deux béguins n'étaient qu'un fantasme et allaient rester tel quel. J'attrapai mon petit sac et me dirigeai vers la porte. Mon rythme s'accéléra à l'idée de revoir mes deux clients préférés. J'étais pleinement consciente du côté un peu ridicule de mon comportement. Avec tout ce qui se passait dans ma vie, un béguin stupide et une pause forcée dans mon travail stressant me faisait presque sentir humaine à nouveau. Je ne pouvais pas m'enfuir indéfiniment mais en entrant dans le restaurant, je ne pouvais pas m'empêcher de penser qu'il y avait des choses pires que de recommencer, même si c'était pour de mauvaises raisons.

2

ECLAN

Cole se déplaça dans la cabine en face de moi et regarda sa montre pour la millionième fois. « Peut-être qu'elle ne travaille pas aujourd'hui ».

Je m'efforçai de ne pas soupirer. « Jessie a bien dit qu'elle travaillait à l'heure du déjeuner, n'est-ce pas ? Si quelqu'un connaît son emploi du temps, c'est bien Jessie. Elle sera là, détends-toi ».

La vérité était que j'étais probablement aussi nerveux que Cole, mais j'arrivais mieux à le cacher. Je ne craignais pas que Hannah ne se montre pas - la nouvelle serveuse n'avait jamais été en retard pour son service au cours des cinq derniers jours où nous étions venus la voir - mais j'avais toujours mes craintes. Hannah Lauren était la première femme sur laquelle nous avions jeté notre dévolu, et le fait qu'elle était une étrangère totalement inconnue, oui, cela me faisait stresser.

Cela ne changeait rien au fait que je la voulais - que nous la voulions - mais mon instinct me disait que quelque chose n'allait pas avec elle. En tant que flic, ce sentiment viscéral était ce qui m'avait gardé en vie jusqu'ici. Je l'écoutais.

À Bridgewater, les hommes savaient quand ils avaient trouvé la femme de leur vie. La coutume voulait qu'une femme partage deux maris, parfois trois. Nous avons été élevés pour écouter nos cœurs et faire la cour à la femme que nous estimions être la bonne. J'étais né dans une famille qui croyait en cela, qui avait vécu cela. J'avais eu deux pères, et j'avais vu le lien entre ma mère et eux. Je voyais bien qu'ils étaient amoureux. Qu'ils prenaient soin d'elle. Que c'était elle qui importait. Qui était le centre de leur monde. J'y croyais et je voulais la même chose pour moi. Cole et moi avions décidé il y a plusieurs années que nous partagerions une femme. Nous ne l'avions tout simplement pas encore trouvée. Jusqu'à maintenant.

Mais cette voix dans ma tête - celle qui faisait de moi un bon flic - était sacrément difficile à faire taire, même si j'étais sûr qu'Hannah était la bonne.

Elle était magnifique, il n'y avait aucun doute là-dessus, et j'avais la chair de poule rien qu'en la voyant. Merde, j'avais en fait une érection rien qu'en pensant à elle et je savais que c'était la même chose pour Cole.

Il n'y avait aucun doute dans mon esprit que l'attraction était mutuelle. Je n'avais pas besoin d'être flic pour le comprendre. Ses yeux verts étincelants semblaient s'obscurcir lorsque nous parlions avec elle et elle rougissait chaque fois que nous flirtions ou sortions un commentaire suggestif. J'aurais parié qu'elle passait pas mal de temps à nous imaginer au lit; sans doute même autant de temps que nous rêvassions à l'idée de la baiser quand elle serait à nous.

Alors, où était le problème ? Nous l'aimions bien, elle nous aimait bien... nous devrions célébrer le fait que nous l'avons enfin trouvée, et rester pas assis ici à se regarder comme deux animaux en cage. À attendre. Je savais quel était le problème de Cole - il avait une sacrée tonne de blocages à dépasser avant de pouvoir faire confiance à une femme après les conneries que sa belle-mère et son père lui avaient inculquées. Je le savais depuis le début et ça me convenait. Comme mes pères et mes grands-pères, je savais qu'une fois que la bonne femme arriverait, elle aiderait Cole à surmonter son passé.

Je n'ai jamais pensé que je serais celui avec un problème à résoudre quand nous l'avions rencontrée, et mon problème était plus difficile à comprendre. A partir du moment où nous avions repéré Hannah, il y a cinq jours, je savais qu'elle était la bonne. Mais plus nous apprenions à la connaître - ou plutôt, plus nous ne la connaissions pas malgré toutes nos conversations - plus cette voix de flic me disait de ralentir et d'obtenir des réponses.

Jessie se dirigea vers notre table avec un pot de café. Elle était la seule dans cette ville qui savait quelque chose à propos de Hannah, apparue de nulle part il y a deux semaines. D'après ce que je pouvais comprendre, elle ne savait pas grand-chose ou ne disait rien. Elle gardait ses secrets comme s'ils étaient dans le coffre d'une banque. Bien qu'en temps normal, c'était quelque chose que je respectais, je voulais dans ce cas précis l'emmener au commissariat et l'interroger jusqu'à ce qu'elle parle.

« Elle travaille aujourd'hui, n'est-ce pas, Jessie ? », demanda Cole.

Il était évident de qui il parlait. Cole et moi n'avions jamais été très subtils.

« Elle sera là d'une minute à l'autre ». Jessie remplit la tasse de Cole, puis la mienne, un petit sourire se formant sur ses lèvres.

Elle dirigeait le restaurant avec ses deux maris depuis plus longtemps que je n'étais en vie. Dire qu'elle était contente nous fûmes intéressés par sa nouvelle serveuse était un euphémisme. Elle était une entremetteuse flagrante et nous avions jusqu'ici réussi à l'éviter. Mais maintenant, nous cherchions son aide et elle aimait nous regarder lui poser des questions.

« As-tu appris quelque chose sur son lieu d'origine ? », demandai-je. « Ou que fait-elle ici ? Est-ce qu'elle est juste de passage ou bien… »

Elle posa une main sur sa hanche.

« Declan MacDonald, je te l'ai déjà dit et je te le répète. Je ne sais rien de plus que ce que je t'ai déjà dit. Si tu veux connaître la fille, je te suggère de lui demander toi-même ».

Cole me sourit par-dessus le rebord de sa tasse. Comme un écolier, mon meilleur ami pensait toujours que c'était drôle de me voir me faire gronder. Je savais qu'il partageait mes réserves à propos de Hannah, mais il semblait penser que tout le mystère autour de cette femme serait éclairci une fois que nous l'aurions sortie de ce restaurant et mise dans notre lit.

« Juste curieux », marmonnai-je, essayant d'éviter

le regard renfrogné de Jessie. Jessie aimait bien sa nouvelle serveuse et elle la protégeait comme si elle était sa propre fille.

« Chaque jour, tu me poses les mêmes questions «, dit Jessie en faisant claquer sa langue et attendant que Cole tienne sa tasse pour la remplir à nouveau. « Si tu aimes cette fille, tu devrais débrancher ton cerveau de policier et apprendre à la connaître comme un homme normal ».

Ses mots étaient plus vrais qu'elle ne le pensait. Mon « cerveau de policier «, comme elle l'appelait, mourait d'envie d'obtenir des réponses. Hannah Lauren était un mystère. Elle n'avait même pas de voiture, donc je ne pouvais faire de recherches dans les bases de données. Son nom n'apparaissait nulle part. Bon sang, le nom de Hannah Lauren ne donnait rien. C'était comme si elle n'avait pas de passé.

Mon instinct me disait qu'elle cachait quelque chose, mais me disait aussi qu'elle n'était pas une criminelle. Elle aimait même Mr. Kirby, un chat aussi acariâtre que si on l'avait plongé dans une baignoire. Elle supportait Sally et Violet, les amies de Jessie et les pires commères de la ville. Hannah semblait aimer tout le monde. Bordel, elle semblait même nous aimer, nous. À un certain point, et c'était mon instinct qui me le disait.

Les yeux de Jessie se rétrécirent sur moi comme si elle pouvait lire dans mes pensées. « Tu arrêtes tout de suite, Declan. C'est une gentille fille et je peux te garantir qu'elle n'est pas une tueuse en série qui se cache, si c'est ce que tu as besoin d'entendre ».

Cole riait carrément de mon malaise et je devais lutter contre l'envie de lui donner un coup de poing au visage alors que le sang me montait au visage. Elle avait raison et je le savais. J'étais flic depuis la fin de mes études et il était difficile de faire abstraction de ce mode de pensée. Les enquêtes criminelles - même si rien d'autre que des farces adolescentes ou des conduites en état d'ivresse étaient le lot de notre petite ville - m'avaient rendu méfiant. Les gens de Bridgewater avaient tendance à se faire confiance, et même faire confiance aux étrangers. C'était une bonne chose, mais parfois, de mauvaises choses arrivaient à de bonnes personnes.

Jessie avait raison et je lui dis, ce qui a un peu calmé son ardeur. « Très bien, alors... ». Je serais damné si le sourire de Jessie n'était pas rempli de malice alors qu'elle pointait son doigt vers Cole, puis moi. « Vous devriez arrêter de perdre du temps et sortir avec fille, si vous me demandez mon avis ».

Cole et moi avons échangé un regard. Nous avions prévu de le faire, si on nous en donnait la possibilité.

Nous avions déjà convenu qu'elle serait à nous, maintenant c'était juste une question de trouver le bon moment pour lui demander un rendez-vous. C'est ce que nous avions voulu faire ces derniers jours, mais elle était trop occupée.

« Tu crois ? ». Cole avait toujours été du genre réservé.

Jessie hocha la tête. « Bien sûr ! Hannah est aussi belle qu'une image, et douce en plus. Elle ferait une belle femme pour vous deux, les garçons ».

« J'espère que tu ne lui as pas dit ça », dis-je, essayant de ne pas rouler des yeux. Même si c'était génial de voir Jessie nous donner quelques tuyaux sur Hannah, nous n'avions pas besoin d'une mère qui ferait tout le boulot à notre place. J'étais juste surpris que ma *vraie* mère n'ait pas encore entendu parler de notre intérêt pour la nouvelle serveuse. J'attendais l'appel depuis des jours maintenant. « Nous ne voulons pas l'effrayer ».

Jessie émit un grognement. « Bien sûr que non. Je vais vous laisser lui dire que vous recherchez tous les deux une femme. Je lui ai juste dit que vous étiez tous les deux très bien... et disponibles ». Elle nous lança un clin d'œil. « Je lui ai parlé de vous. Maintenant, c'est à vous deux de faire le reste ».

« Nous ferons de notre mieux », lui dis-je. « Et je

promets, plus de questions de flic à partir de maintenant. Je vais apprendre à la connaître à l'ancienne ».

Si faire les choses à l'ancienne signifiait l'embrasser à l'en faire perdre haleine, à apprendre à connaître et écouter les désirs de son corps, et ses envies, alors cela m'allait très bien.

Quand Jessie s'éloigna, elle arborait le sourire d'une personne satisfaite d'avoir remporté une bataille.

« Tu viens de mentir à cette gentille femme », dit Cole alors que Jessie se dirigeait derrière le comptoir. « Tu ne t'arrêteras jamais, n'est-ce pas ? Tu es comme un chien qui cherche un os à ronger, quand tu flaires un problème ».

Je me penchai par-dessus la table et murmurai. « Je ne vais pas faire une chasse aux sorcières, si c'est ce que tu veux dire. Je veux juste en savoir plus sur elle, d'où elle vient, ce qui l'a amenée ici. Si Hannah est vraiment celle qu'il nous fait, j'aurais pensé que tu voudrais la même chose ».

Cole poussa la tasse d'avant en arrière avec ses mains. Il avait plus de mal à admettre qu'elle pouvait être la bonne et je pouvais désormais pratiquement voir les engrenages tourner dans son cerveau. « Si c'est elle qu'il nous faut», dit-il. « Nous ne le savons pas avec certitude ».

Je poussai un petit grognement amusé, heureusement juste avant de prendre une gorgée de café. «Maintenant, qui est celui qui ment ? J'ai vu la façon dont tu la regardes. Tu ne peux pas la quitter des yeux. Ces longues jambes et ces courbes magnifiques ».

Il acquiesça lentement. « Je ne peux pas le nier. Cette femme est super sexy, à damner un saint ».

« Et ... » ai-je demandé. Je voulais l'entendre dire les mots.

Il fronça les sourcils. « Et tu sais bien que j'espère qu'elle sera vraiment notre femme ».

J'essayai de ne pas sourire, c'était assez dur sans que je me moque de lui. J'étais content de savoir que nous étions d'accord. Hannah était à nous.

« Il y a un lien entre nous trois », dit-il lentement. « Et j'espère pour notre bien que notre instinct a raison ».

Bon, il y avait plus encore. « Mais... ».

Cole se pencha en arrière dans le box et secoua la tête. « Tu sais très bien pourquoi j'ai des réserves ».

Je le savais et je savais aussi qu'une fois qu'il connaîtrait Hannah, il les surmonterait. Tout comme je surmonterais mes doutes quand elle se serait ouverte à nous. J'avais des doutes sur la femme elle-même, qui ne pouvaient être résolus que par quelques soirées ensemble. Cole avait des problèmes avec le passé qui obscurcissaient son jugement en matière de femmes. Si Hannah était digne d'être sa femme, alors ces problèmes allaient continuer à le harceler.

« Cole, elle n'a rien à voir avec Courtney. Tu dois comprendre ça ».

La belle-mère de Cole était une femme qui avait profité de son père. Ce fut une époque trouble et cruelle. Elle avait jeté son dévolu sur le veuf affligé et l'avait épousé, et avait divorcé peu de temps après et volé la majeure partie de son argent. Il possédait une vaste propriété, ce qui en faisait un des hommes les plus riches du Montana, mais il ne s'en était jamais vanté. Cole, qui était adolescent à l'époque, ne pouvait que regarder avec désespoir cette opportuniste qui avait écrasé l'esprit du vieil homme. Cole pensait que ses actions étaient la raison pour laquelle son père avait eu une crise cardiaque et était mort quelques mois plus tard.

Le simple fait de penser à ce que cette salope avait fait me rendait amer. Mais Cole ? Cela l'avait sacrément malade, au point de ne plus faire confiance aux femmes. Mon instinct me disait que quelque chose était en train de se passer avec Hannah, mais elle n'en voulait pas au ranch de Cole ou à son patrimoine, qui avait retrouvé son lustre d'antan, à l'époque où sa mère était encore vivante.

Il haussa les épaules, mais avant qu'il puisse argumenter, je l'arrêtai. «Elle est ici!».

Cole se retourna à demi sur son siège pour jeter un coup d'œil à la femme en question et nous regardions tous les deux sans vergogne. Merde, nous étions scotchés. Hannah. C'était une bouffée d'air frais qui passait par la porte d'entrée du restaurant. Même si je n'avais pas entendu le tintement de la cloche à l'entrée, j'aurais quand même su qu'elle venait d'arriver. Peut-être étais-je romantique, mais j'aurais pu jurer que l'atmosphère avait changé et que la tension était palpable. À cause de mes foutus besoins. Je me suis déplacé sur mon siège alors que ma bite durcissait. Mon cerveau pouvait avoir des doutes sur elle, mais pas mon sexe.

Elle nous a repérés tout de suite et après une courte pause, si brève que la plupart des gens ne l'auraient pas remarquée, elle continua à marcher vers notre box après avoir déposé son sac derrière le comptoir. Oui, elle était venue directement vers nous. Elle était intéressée.

Mon Dieu, elle était si jolie. J'avais très envie de tendre la main et caresser sa joue. Pas de maquillage, une simple queue de cheval et elle était quand même magnifique. Des pommettes saillantes et un léger reflet dans ses grands yeux verts lui donnaient un look exotique - ou en tout cas, exotique pour Bridgewater. Ses cheveux noirs étaient tirés en arrière pour le travail, comme d'habitude, et son uniforme ne devait pas être sexy - en fait, il n'y avait rien de sexy quand Jessie le portait - mais Hannah réussissait le tour de force d'y paraître à son avantage. Cela me donnait simplement envie de savoir ce qu'elle portait en dessous. Elle était une petite chose avec des seins qui pointaient et un cul bien rebondi. Et ses jambes ... merde, je rêvais d'avoir ses jambes enroulées autour de ma taille dès le premier instant où je l'avais vue.

Elle s'arrêta à notre table, son bloc-notes et son stylo déjà en main. «Salut, les gars ! Je vois que vous avez déjà du café. Que voulez-vous d'autre ?».

Elle sortait la même phrase chaque jour de la semaine. La différence était que cette fois-ci nous nous étions levés plus tôt et avions déjà pris notre café. Nous n'avions besoin de rien d'autre que d'elle. Le diner ne commencerait pas vraiment à se remplir pour le déjeuner d'ici une vingtaine de minutes, ce qui signifiait qu'elle avait un peu de temps pour discuter avec nous. Cette fois, elle ne pouvait pas nous quitter sans que nous lui demandions de sortir avec nous.

Cole ne perdit pas de temps. «Pas si vite, Hannah. Tu viens tout juste de prendre ton service et la salle est vide. Pourquoi ne pas prendre un siège et discuter un peu avec nous avant le coup de feu ?».

Pour donner du poids à ses paroles, je me glissai dans le box et tapotai la place vide à côté de moi.

Là, juste à ce moment-là, dans ses yeux. J'aurais pu jurer que je voyais un regard de méfiance passé à la vitesse de l'éclair sur son joli visage avant qu'elle ne reprenne son sourire charmant qu'elle dispensait à tous ses clients. Elle regarda autour d'elle, contempla la salle pratiquement vide. « Je ne sais pas si je devrais... ».

« Jessie, dis à Hannah qu'une pause de cinq minutes n'est pas un crime dans cette ville », cria Cole.

« Je viens juste d'arriver. Je ne peux pas faire de pause ! ».

Le rire de Jessie résonna dans tout le restaurant. « Ma fille, prends une pause quand tu veux. Tu te démènes sans compter depuis le début de la semaine. Donna et moi pouvons nous occuper du déjeuner ».

À son crédit, Hannah se laissa aller à un petit sourire alors qu'elle se glissait dans le box à côté de moi, bien qu'elle laissât quelques centimètres très flagrants entre ma large épaule et la sienne.

Bon sang, elle sentait encore meilleur que dans

mes souvenirs. Si douce et féminine, l'odeur de son savon ou de son shampoing, qu'en savais-je, me faisait l'effet d'une drogue. Fraise, pastèque, quelque chose qui me donnait envie de la lécher partout. « Alors, Hannah », dis-je, ma voix emprunte de désir refoulé. « Raconte-nous ta vie ».

Cole leva un sourcil mais je l'ignorai, j'étais trop occupé à regarder la réaction de Hannah à la question. Ce sourire ne faiblit pas alors qu'elle haussait les épaules. « Pas grand-chose à raconter, j'en ai peur. Et vous deux ? Depuis combien de temps vivez-vous à Bridgewater ? ».

« Nous y sommes nés et nous avons grandi ici », déclara Cole.

« D'où venais-tu avant de débarquer ici ? » tentai-je à nouveau.

« Oh, d'un peu partout ». Son sourire se fit encore plus large et je contemplai ses charmantes fossettes. « Je suppose que je suis un peu un nomade ».

Le regard de Cole rencontra le mien et je savais qu'il avait lui aussi remarqué qu'elle n'avait pas répondu à la question. « Tu viens du Montana ? ».

Il tourna son regard vers moi et son sourire était pour moi clair comme de l'eau de roche. Il avait demandé cela pour moi. Il pouvait bien penser que j'étais parano, mais il était prêt à jouer le jeu, alors que ses tentatives d'éviter nos questions étaient aussi évidentes.

« Non, et je m'en veux un peu », dit-elle. « Je ne peux pas imaginer d'endroit plus magnifique pour grandir. Grandir parmi ces montagnes a dû vous laisser de sacrés souvenirs ». Elle désigna, par la fenêtre, les cimes de Spanish Peaks dans le lointain.

Son regard était candide quand elle regarda dans ma direction mais je vis une étincelle d'intelligence briller - elle savait exactement ce qu'elle faisait et elle le faisait bien. Bon sang, elle aurait même pu donner un cours à l'académie de police.

Effectivement, Cole mordit à l'appât et lui raconta un souvenir d'enfance: une histoire de tempête de neige alors que nous campions dans les bois. C'était une histoire que nous n'hésitions jamais à raconter, et le rire de Hannah semblait sincère.

J'écoutais à peine, trop concentré sur la réaction d'Hannah et essayant de comprendre comment poser une autre question sans transformer cette petite discussion en un véritable interrogatoire. Au moment où Cole terminait son histoire, je réalisai qu'il avait sans doute eu une bonne idée. Si nous voulions qu'elle s'ouvre à nous, nous devions d'abord parler de nous-mêmes. C'est pourquoi nous voulions lui demander un rencard. Une fois que nous serions sortis avec elle, j'espérais qu'elle nous connaîtrait mieux et qu'elle serait plus disposée à s'ouvrir à nous.

« C'est sûr que les hivers ici sont rudes, avec près d'un mètre de neige et le bout des orteils tout engourdi », déclara Cole, mettant un terme à son histoire.

Hannah commença à se tortiller sur le siège du box, se préparant à se lever. « Je ferais mieux de retourner au travail ».

Je posai une main sur la sienne. « Pas si vite ».

Elle retira sa main si rapidement que je fus pris au dépourvu. Je continuais de parler, faisant semblant de ne pas remarquer ses joues qui rosissaient. Mais ce n'était pas la timidité ou l'embarras qui l'avait éloignée de moi. Mon intestin s'est tordu à l'éclair de peur que j'ai vu dans ses yeux. Cela n'avait duré qu'un bref instant mais je ne pouvais pas ne pas l'avoir remarqué. Merde, je n'avais jamais eu l'intention de lui faire peur.

« Ne t'enfuis pas tout de suite. Cole et moi avions quelque chose que nous voudrions te demander. «

Ses épaules étaient rigides, mais elle restait assise. Elle jeta un coup d'œil entre nous comme si elle assistait à un match de tennis.

« Nous aimerions sortir avec toi ce soir », déclara Cole.

Sa confusion était évidente alors qu'elle nous regardait l'un l'autre. « Quoi, comme si nous étions amis ? ».

Cole et moi avons échangé un regard avant que j'explique. « Pas un truc entre amis. Certainement pas un truc entre amis ».

3

« Oh », dit-elle, en relâchant ses épaules.

« Plus qu'une amie. Beaucoup plus », ajouta Cole. « Un rendez-vous avec moi et Declan ».

« Tous les deux ? » demanda-t-elle les yeux grands ouverts.

« Tu vois » commençai-je. « Bridgewater est un peu inhabituel dans ses coutumes... ».

« Ses coutumes », répéta-t-elle lentement, comme si cela l'aiderait à mieux comprendre ma déclaration ambiguë. De toute évidence, Jessie ne lui avait rien dit.

« Bridgewater a été fondée par des gens qui croyaient qu'une femme devrait toujours avoir quelqu'un pour prendre soin d'elle ... pour la chérir », déclara Cole.

Elle cligna rapidement des yeux comme si Cole parlait dans une langue étrangère.

Je me suis dit que c'était mieux d'en finir rapidement ... d'enlever rapidement le pansement, pour ainsi dire. « Ici à Bridgewater, il arrive souvent qu'une femme épouse deux hommes ».

Après un bref silence, Hannah laissa échapper un grand rire. « Deux hommes ! Très bien », dit-elle, en insistant sur ces deux derniers mots. « Vous déconnez, j'espère ? ».

Comme dans une pièce de théâtre, la cloche au-dessus de la porte d'entrée se mit à tinter et ma sœur, Cara, et ses deux maris, Mike et Tyler entrèrent. Même si j'avais été toujours été très protecteur de ma petite sœur, je devais admettre que les deux hommes qu'elle avait épousés étaient bons avec elle. Je hochai la tête dans leur direction. « Regarde par toi-même. C'est ma sœur, Cara, et ses maris ».

Mike passa un bras autour de la taille de Cara alors qu'ils se dirigeaient vers une table dans le fond de la salle et Tyler lui prit la main, entrelaçant leurs doigts.

Hannah ne pouvait pas douter de mes paroles ; ma sœur et moi avions tous les deux des cheveux très roux.

« Oh, Mon Dieu ». Hannah le dit calmement, à mi-voix alors qu'elle regardait ouvertement, mais Cole et moi l'entendions. Elle sortit du box pour se lever. « Je, euh ... je dois me rendre au travail ».

Alors que de plus en plus de clients commençaient à entrer dans le restaurant, il était loin d'être plein. « Reste, Hannah », dis-je.

Était-ce mon imagination ou flancha-t-elle ? Je savais que les coutumes de Bridgewater demandaient un temps d'adaptation, surtout pour une personne étrangère comme Hannah, mais elle avait été nerveuse plus que surprise.

« Ne juge pas avant d'en avoir eu les avantages », dit Cole en levant les yeux vers elle. « Le taux de divorce dans cette ville est extrêmement bas et les relations durent toute une vie ».

Des résidents de Bridgewater de longue date, Violet Kane, et son amie, Sally Martin, s'installèrent dans le box derrière nous et ne prirent même pas la peine de dissimuler le fait qu'elles écoutaient notre conversation.

« Ils ont sorti la grosse artillerie, n'est-ce pas ? » dit

Sally, dans un rire profond et bruyant. L'agente immobilière déjeunait tous les jours de la semaine dans le même box et elle avait forcément remarqué notre présence quotidienne dans la section de Hannah. Elle avait deux maris et Violet aussi, dont le fils Sam - avec son cousin Jack - venaient tout juste de se fiancer à Katie Andrews. Les dames connaissaient très bien les manières de Bridgewater. Elles les avaient vécues et les avaient même transmises à leurs enfants. « Tu devrais voir ton visage ».

Violet leva son annulaire et montra son alliance. « Trente-cinq ans d'affilée avec mes deux hommes ».

« C'est ... c'est génial ». Le sourire d'Hannah était de retour mais elle était clairement encore sous le choc. « Deux hommes ! C'est dingue ! ».

J'attrapai son regard, ramenant son attention sur nous. « Alors, qu'en dis-tu ? Veux-tu sortir avec Cole et moi ce soir ? ».

Cole lui sortit ce sourire bizarre que toutes les dames semblaient aimer. « Juste un verre, chérie ».

Ses yeux s'élargirent et après une seconde de silence elle secoua la tête comme pour l'effacer. « Désolée, c'est juste que... je ne peux pas croire que deux hommes me demandent de sortir avec eux, ensemble. J'avoue, je n'ai pas eu beaucoup de chance avec un seul ». Elle leva une main pour repousser une mèche de cheveux et je remarquai la façon dont sa main tremblait. « Alors, comment ça marche ? Est-ce que vous faites toujours tout ensemble ? ».

Je hochai ma tête. Des voix venaient de la radio de la police sur la table et je baissai le volume au minimum. S'il y avait une urgence, elle serait précédée d'un signal sonore. « Pas toujours. Tu es spéciale ».

« Spéciale ? ». La méfiance déforma son sourire. « Spéciale, comment ? ».

« Tu es à nous ». La voix de Cole était basse et étonnamment possessive. Je lui lançai un regard d'avertissement alors que Hannah prit un pas en arrière.

« Je ne t'appartiens pas » dit-elle, la voix excitée et un regard de colère dans les yeux.

Je voulais voir ce sourire affectueux à nouveau sur ses lèvres. Au lieu de cela, ses joues devinrent pâles et si elle le pouvait, elle aurait foudroyé Cole du regard. Ce n'était pas comme ça que je voulais que ça se passe. Merde, on était en train de tout gâcher.

« Ce que Cole essaie de dire, c'est que nous nous intéressons à toi. Et plus que comme amis. Nous pensons que tu pourrais être celle qu'il nous faut », ai-je dit rapidement. Ensuite, j'ai dû expliquer comment à Bridgewater, les hommes savaient instinctivement quand ils avaient rencontré leur partenaire. Comment c'était le destin.

Ses sourcils se froncèrent d'incrédulité, mais elle ne se moqua pas. « Et c'est ce que tu penses ? Que je suis destinée à être ... quoi, votre femme ? ».

« Nous le pensons, oui », déclara Cole. Sa réponse n'avait pas le même dominant qu'avant, mais il était mortellement sérieux et cela se voyait dans son regard.

« Mais nous aimerions passer une soirée avec toi pour que tu puisses le voir par vous-même », ai-je ajouté.

« Que vous feriez de bons maris ? Tous les deux », dit-elle, comme si ce fait devait être répété. « En même temps ».

Je vis Cole sourire, mais heureusement qu'elle ne le remarqua pas. Elle était occupée à regarder le box de Sally et Violet pour voir si elles suivaient la conversation. Il était certain qu'elles n'en perdaient pas une miette.

« C'est ça », ajouta Cole.

Nous étions supposés proposer à cette femme une sortie avec des gentlemen et je ne voulais pas l'effrayer en parlant de partie à trois. Pas encore, du moins. Elle était assez capricieuse comme ça. Nous avions besoin de la soulager, de ne pas lui mettre des idées en tête et de l'emmener dans notre lit. On verrait pour la suite.

Mais comment dit-on à une femme que l'on souhaite la partager avec un autre ? Comment lui dire qu'il ne s'agissait pas d'un jeu, que c'était sérieux? Comment pouvions-nous faire avec une femme qui semblait avoir une aversion très évidente pour les hommes possessifs ? J'ai essayé l'approche décontractée.

Mais Cole, apparemment, avait d'autres idées en tête. Il se pencha en avant et attrapa sa main. « En même temps et de toutes les manières imaginables. Tu es à nous, Hannah. Nous allons nous assurer que tu le comprennes bien ».

Je savais ce qui allait se passer, et j'avais raison. Elle retira sa main et recula avec une telle hâte que je pensais qu'elle allait trébucher. Merde. Je lançai un regard d'avertissement à Cole. Apparemment, il n'avait pas remarqué sa réaction quand je lui avais touché la main. Quelle que soit le passé que cachait cette femme, elle était effrayée et nous n'avions fait qu'aggraver les choses. Il était évident qu'elle avait eu des petits copains qui étaient un peu trop possessifs et c'était quelque chose qui me déplaisait fortement. Quelqu'un avec un passé comme le sien pouvait mal interpréter notre comportement et le trouver trop envahissant. Voire obsessionnel.

Je gardais ma voix basse et calme et essayais de ne pas avancer vers elle. « Hannah, nous sommes désolés. Nous n'essayons pas de te forcer à faire quoi que ce soit, je le jure, mais nous nous sommes intéressés à toi depuis le premier jour que nous t'avons vu. Nous sommes venus chaque jour dans l'espoir de te voir nous sourire ».

Mon honnêteté sembla marquer des points car elle se détendit un peu.

« Sally et Violet, bon sang, même Jessie, peuvent se porter garantes pour nous ». Je ne pouvais pas voir les dames derrière moi, mais je devais supposer qu'elles hochaient la tête ou lui faisaient des signes de la main. Cole regardait par-dessus mon épaule et souriait.

« Nous… t'aimons bien, et nous aimerions mieux te connaître ».

C'était un mensonge absolu. On ne pouvait pas dire que nous l'aimions bien. Nous la voulions pour nous. Nous savions qu'elle allait être à nous.

Ses yeux se tournèrent vers les dames, mais elle avait toujours l'air méfiante. Au moins, elle ne s'enfuyait pas. Elle se tenait à côté de notre table à une distance sûre et jouait avec son bloc-notes et son stylo. Son regard alla de Cole à moi.

« Si j'avais trente ans de moins, chérie », cria Sally. « Je foncerai à ta place ! ». Tu dois bien voir que tu as deux hommes chaud bouillants qui sont prêts à t'accueillir. Ce ne sont pas des mecs bizarres, ce sont des hommes de Bridgewater. C'est comme ça que ça passe ici. Les hommes ici sont dominants et bien trop sexy ! S'ils disaient qu'ils me voulaient entre eux, penses-tu que je serais encore assise ici ? Sûrement pas ! Vas-y lance-toi ! »

Je me dis que je devrais envoyer des fleurs à Sally pour la remercier pour son aide.

À ma grande surprise, j'attrapai quelque chose de plus dans les yeux de Hannah - quelque chose qui se cachait derrière la peur et la méfiance.

De l'attirance. Oui ! Elle avait toujours été là comme nous l'avions pensé. Il se passait quelque chose entre nous. Quelque chose qu'elle ressentait elle-aussi. Mais nous l'avions effrayée avec nos putains de tâtonnements.

« Nous ne sommes pas très douées pour inviter une femme, n'est-ce pas ? », lui demandai-je, alors qu'elle se mordillait la lèvre inférieure. « On a même été un peu crétins sur ce coup ».

« C'est lui le crétin » rétorqua Cole. « Je t'ai dit que je te veux, que je te veux entrer nous deux. C'est quand même clair, non ? ».

Je regardai Cole, qui but une gorgée de son café avec une expression insupportable. Peut-être qu'il n'était pas si idiot que ça après tout. Si la faire fantasmer sur le fait de se retrouver entre nous deux nous donnait une chance, j'étais alors entièrement pour...

Mais elle n'avait pas encore dit oui et j'avais peur de la pousser un peu trop loin. Elle avait beau être tentée, il suffisait de la pousser un peu trop loin et elle serait déstabilisé.

Le destin, sous la forme de voisins curieux, intervint à notre place.

Violet prit la parole. « Ma fille, si tu laisses ces garçons te glisser entre les doigts, tu le regretteras. Et si vous vous inquiétez de tout ce discours d'hommes des cavernes, sachez que ces deux-là sont pétris de bons sentiments. Fais-moi confiance. En fait, fais confiance à pratiquement toutes les femmes mariées dans cette ville ».

Le visage de Hannah prit alors une jolie teinte de rose comme il devenait évident que tous les clients qui s'attablaient autour de nous s'intéressaient de très près à notre conversation. Oui, tout le monde savait que nous étions intéressés par elle. Bon sang, nous étions venus ici toute la semaine. Mais personne n'avait bondi pour dire qu'il était mal d'avoir deux hommes qui lui déclaraient d'emblée qu'ils la voulaient pour épouse. Bien au contraire. Nous avions la ville de notre côté.

Cole lui fit un clin d'œil.

« C'est vrai. Tout ce qu'ils ont dit depuis que nous avons commencé à vous écouter », ajouta Violet. « J'ai connu ces garçons toute leur vie. Il n'existe pas d'hommes meilleurs. Pas vrai, Jessie ? ».

Jessie passa avec un plateau rempli d'assiettes fumantes. « Je lui ai déjà dit qu'elle aurait tort de ne pas se laisser distraire par ces deux garçons. M'est d'avis qu'elle en a bien besoin ».

Le rougissement d'Hannah devint plus prononcé alors qu'elle fixait son regard sur mes mains, sur la table… n'importe où pour sauf nos regards. Jessie avait clairement raison. Cette femme avait besoin de passer un bon moment. Et nous allions en faire notre affaire. Peut-être qu'un orgasme ou trois aideraient cette femme à se détendre et à s'ouvrir un peu.

Merde. Je détestais devoir admettre que Cole avait raison, mais il semblait qu'il savait ce qu'il faisait depuis le début. Faites appel à l'appétit sexuel de Hannah afin qu'elle comprenne par elle-même à quel point ce pourrait être génial pour nous trois. « Tu veux bien sortir avec nous ? ».

Elle leva finalement les yeux vers moi.

Je laissai tomber ma voix et lui laissai voir le désir que j'avais essayé de dissimuler. « Tu veux bien nous laisser une chance de te divertir ? ».

Elle lécha ses lèvres et j'eus une érection immédiate. Je pouvais dire qu'elle pensait à la *façon dont* elle serait distraite avec nous. Putain, cette femme était excitée et le simple fait de savoir qu'elle était curieuse m'avait fait démarrer au quart de tour. J'aurais tout donné pour goûter ses lèvres si douces - et les autres parties de son corps.

L'arrivée soudaine de ma sœur à notre table était la douche froide dont j'avais besoin pour garder le contrôle, pour me rappeler que tout le monde nous regardait. Et nous écoutait. Et prenait part à notre conversation.

« Que se passe-t-il ici ? », demanda-t-elle avec un sourire taquin. « Tout le monde ici vous contemple en train d'essayer d'emballer la nouvelle serveuse mignonne. Avec peu de succès, je pourrais ajouter, en me basant sur l'expression de son visage ».

Hannah se mit à rire, ce qui brisa toute la tension, et le sourire de ma sœur grandit. « Salut, je suis Cara ».

« Hannah Lauren ». Elle hocha la tête. « Enchantée ».

Ma sœur, qui mesurait plusieurs centimètres de plus que Hannah, l'entoura d'un bras comme si elles se connaissaient depuis toujours. « Alors, qu'est-ce qui te retient ? Tu as besoin d'une autre femme pour se porter garante de ces deux gentilshommes ? Je peux te dire dès maintenant que tu ne peux pas trouver mieux, même si l'un d'entre eux est mon grand-frère super chiant ».

Cole laissa échapper un petit rire et leva les yeux vers Hannah. « Évidemment, elle ne pouvait pas s'en empêcher. Declan est un foutu enquiquineur ».

« Et tu es pratiquement mon frère, ce qui te rend tout aussi agaçant », ajouta Cara. Elle se tourna vers Hannah. « C'est vrai. Je ne suis pas exactement impartiale ». Elle baissa la voix comme si cela ne permettait pas aux oreilles indiscrètes d'écouter. « Mais entre femmes, je peux te dire que tu passerais à côté d'une sacrée occasion si tu n'essayais pas Bridgewater ».

Elle jeta un coup d'œil à sa table, où Mike et Tyler étaient assis, et Hannah regarda aussi. Le murmure de ma sœur était assez fort pour que Cole et moi, ainsi que toutes les personnes attablées autour de nous puissent nous entendre. « Sérieusement, ma fille. Tu as le droit, pour toi, comme pour toutes les femmes du monde, de les essayer au moins une fois ».

Avec un clin d'œil exagéré, elle laissa tomber son bras et retourna à sa table en criant : « prenons un verre ensemble un de ces jours, Hannah. Je te donnerai tous les potins juteux sur mon frère ».

Hannah se tourna vers moi, ces yeux verts brillants et pétillants. Bon Dieu, elle était magnifique.

« Alors, qu'en dis-tu ? » demanda Sally.

Bon sang, toute la ville s'y mettait. Je n'étais pas sûr si Cole et moi étions vraiment pathétiques ou si Hannah avait besoin d'être plus convaincue que les autres. « Merci à tous, je pense que Hannah a compris », dis-je.

Tous les yeux étaient fixés sur Hannah et elle céda avec un sourire. «Bien sûr, pourquoi pas ? D'ailleurs, tout le monde me détestera si je ne sors pas au moins une fois avec vous. Avec vous deux».

« J'ai entendu ça », dit Jessie en passant devant elle. « Maintenant que c'est réglé, laissez-la retourner bosser ».

Hannah nous offrit un dernier sourire avant de courir pour prendre une commande à l'une des tables qui venaient de se remplir. Je jetai un coup d'œil à Cole, qui se penchait sur son siège, trop content de lui-même.

« Tu sais qu'elle a juste accepté de sortir avec nous pour faire plaisir à tout le monde, n'est-ce pas ? » demandai-je.

Cela ne semblait pas l'affecter. Il haussa les

épaules. « Il faut ce qu'il faut pour qu'elle soit à nous. Ça n'a pas vraiment d'importance, n'est-ce pas ? Si c'est elle, on le lui prouvera. Elle doit juste nous laisser une chance ».

Je ne pouvais pas le contredire. Si nous en avions l'opportunité, nous lui montrerions comment ça se passerait avec nous. Au lit ensemble, Cole sous elle, son corps enfoncé dans le sien, et moi, derrière elle, la prenant jusqu'à ce qu'elle crie de plaisir.

Pourtant, je le regardai attentivement pendant que nous déjeunions et elle courait dans tous les sens, prenant les commandes et revenant avec des assiettes pleines. Nous nous attardions sur notre repas; aucun de nous ne voulait sortir de là sans que notre plan ne soit confirmé.

Cole parlait peut-être beaucoup, mais même lui pouvait deviner qu'elle avait accepté de sortir avec nous en cédant à la pression. Bon sang, presque toute la ville s'y était mise.

Finalement, quand le restaurant fut presque vide, elle se retrouva à notre table. Sally et Violet étaient parties, tout comme Cara et ses maris. En s'essuyant les mains sur son tablier, elle nous toisa d'un sourire ironique puis se mordit la lèvre. « Tout le monde est parti maintenant, alors ... euh. Écoutez, on n'est pas obligés de faire ce qu'on a dit... ».

« Oh non, tu ne vas pas te débiner maintenant », dit Cole, levant la main.

Je lui donnai un coup de pied sous la table mais au moins cette fois, Hannah ne sembla pas trop effrayée par son ton dominant. En fait, elle agissait comme si elle n'avait rien entendu du tout. « Je suis sûr que tout le monde a raison, et vous êtes vraiment gentils. Mais le fait est que je ne cherche pas une relation avec un homme, encore moins deux ».

« Tu ne cherchais peut-être pas, mais ça vient de te tomber dessus », dis-je.

Son rire était doux et limpide. « J'apprécie, vraiment. Mais je ne pense pas qu'une nuit va me faire changer d'avis. Ne perdons pas notre temps ».

Ce qu'elle venait de dire résonnait comme un défi. Je croisai le regard de Cole et je savais qu'il pensait la même chose. Si elle nous donnait une nuit, nous nous assurerions qu'elle en demanderait plus.

Cole se pencha en avant, mais cette fois il n'essaya pas de lui attraper la main. Peut-être qu'il avait fini par comprendre, après tout. « Regarde, chérie, ce ne sera pas un coup d'une nuit. Tu nous appartiens, dans notre lit et dans nos vies. Laisse-nous une nuit pour te le prouver. Si tu veux partir après ça, on ne te retiendra pas ».

Ses lèvres s'étaient entrouvertes au mot « lit ».

Bordel j'étais dur comme un roc. Son esprit pouvait lui dire le contraire, mais elle en avait envie, elle aussi. Ses mamelons étaient durs. Ils étaient au niveau de mes yeux et ce foutu uniforme ne faisait rien pour les cacher. Hannah nous voulait, et je crevais de désir pour elle. Mais je ne la forcerais pas. Attendre sa réponse me tuait.

Finalement, elle céda avec un soupir. « Allez. Une nuit. Mais pas de promesses après ça ».

Je lui souris. « C'est de bonne guerre. Nous viendrons te chercher à sept heures et nous t'emmènerons au Barking Dog - ce n'est pas très chic, mais l'endroit est sympa ».

Elle se redressa un peu. « Vous n'êtes pas obligés de venir chez moi. Je peux vous retrouver là-bas ».

Cole essayait d'étouffer un rire et échoua. Je lui souris. « En tant que flic, j'admire ce que tu fais. Tu ne devrais jamais donner ton adresse à des étrangers. Mais en tant que résident de Bridgewater, je dois te dire que... c'est inutile. Tout le monde sait que la nouvelle serveuse vit juste au-dessus. D'ailleurs, nous sommes des vrais gentlemen et nous viendrons te chercher chez toi ».

Elle laissa échapper un soupir de résignation. « D'accord, très bien. Je vous verrai à sept heures ».

Nous la regardâmes s'éloigner, ce petit cul parfait

se balançant sous la jupe de l'uniforme. Je n'avais qu'une envie : lui enlever sa putain de jupe et la mettre dans notre pieu. Ce soir. Nous avions une chance, une seule, de lui faire perdre la tête et de lui montrer à quel point tout cela pouvait être parfait.

Oui. Pas de pression.

4

Hannah

C'était une erreur. Je savais que c'était une mauvaise idée quand j'avais dit oui - quand j'avais été forcée par la moitié de la ville de sortir avec Cole et Declan - mais dès que j'avais ouvert la porte et trouvé mes deux compagnons très sexy se tenant sur mon pas de porte, je ne m'en souciais plus. Peut-être était-ce le fait que je n'avais pas été l'objet d'autant d'attention masculine flatteuse durant de nombreuses années... ou peut-être même jamais ?

Ils se tenaient côte à côte sur le petit palier en haut des escaliers. Ils portaient tous deux des chemises boutonnées et des jeans, mais c'était là que s'arrêtaient les points communs. Declan avait quelques centimètres de plus que Cole, mais il était plus maigre. Les larges épaules de Cole auraient pu faire basculer son ami s'il s'était retourné sur le petit palier. Les cheveux roux de Declan étaient un peu humides, comme s'il venait juste de sortir de la douche, et je ne pouvais pas m'empêcher de les contempler. Ils tenaient leurs chapeaux entre leurs mains et leurs yeux, eh bien, leurs yeux étaient concentrés sur moi. Ils aimaient ce qu'ils voyaient, cela se voyait dans leurs regards brûlants.

J'allais avoir des ennuis et nous ne nous étions pas encore dit bonsoir.

Était-ce le fait que j'étais au beau milieu d'une période de sécheresse question hommes ou étaient-ce ces mâles en particulier qui me faisaient de l'effet ? Lorsque Declan me prit par la coude pour me faire descendre les marches, m'ouvrant la portière et me soulevant pour me poser dans la cabine du camion de Cole, la partie rationnelle de mon cerveau qui n'avait pas arrêter de me dire qu'il s'agissait d'une mauvaise idée s'était subitement tue.

Au lieu de cela, mes sens semblaient avoir pris le relais. Et cela faisait du bien. J'essayai de me concentrer sur l'endroit où ils m'emmenaient mais je ne pouvais m'empêcher de me concentrer sur la sensation de leurs cuisses pressées contre les miennes. Je ressentais leur chaleur et leur force à travers leurs jeans délavés et il me fallut toute ma force d'esprit pour ne pas bouger et pour ne pas appuyer encore plus fort contre leurs cuisses. Peut-être pouvais-je tendre la main et caresser leurs muscles ?

Que ferait Declan si je passais une main le long de sa jambe ? Ou Cole ? Il conduisait peut-être, mais quelque chose me disait qu'il serait sans doute plus qu'heureux de s'arrêter ici et de me prendre sur le champ si je lui en laissais la possibilité.

Je fus parcouru d'un frisson.

« Tu as froid ? » Declan tendit la main et baissa la clim tout me posant la question.

« Ça va ». Bon Dieu, ressaisis-toi. On pourrait penser que c'était ma première fois.

Bien que, pour être honnête, c'était la première fois que je sortais depuis un sacré bail... et c'était la première fois que je sortais avec deux hommes à la fois.

« Alors, où allons-nous ? ». C'était tout ce que mon cerveau avait trouvé de mieux à dire. Merde, ces types sentaient vraiment bon. Naturellement bons, pas comme ces métrosexuels qui sentent bon parce qu'ils se parfument à l'eau de Cologne. Ou pire, ces conneries de sprays corporels. Non, ces gars sentaient le savon et la terre, et le mâle.

« Le Barking Dog, le bar local », déclara Declan.

Très bien. Ils m'avaient dit ça plus tôt. J'étais un docteur et ces deux hommes me prenaient pour une nana sans cervelle. Je joignis mes mains sur mes genoux pour ne pas gigoter. Peut-être que Cole avait remarqué, car il tendit la main et pressé la mienne doucement avant de la laisser partir. Son contact était ferme, mais doux. Chaud, mais je sentais ses mains calleuses. Cela me fit frissonner de nouveau.

Je commençais à m'améliorer et à m'habituer à leur contact. Cela me fit bizarre les premières fois qu'ils me touchaient comme s'ils avaient le droit d'envahir mon espace personnel. Mais je suppose que je m'y habitais, ou peut-être commençais-je à leur faire un peu confiance. En tout cas suffisamment pour ne pas me dire qu'ils avaient de mauvaises intentions, en tout cas pas tant que nous traversions la ville en voiture.

Outre l'approbation de Jessie et de celle de tous les autres clients du diner, ces deux-là avaient été de parfaits gentlemen depuis que je les avais rencontrés. Attentifs. Curieux. Passionnés.

Et ce soir, ils avaient été chevaleresques comme si nous étions à une autre époque. À sept heures, ils s'étaient présentés à ma porte comme promis. Je portais la seule tenue sympa que j'avais apportée avec moi: une simple robe noire à manches courtes et plutôt courte. Ce n'était pas particulièrement sexy mais ça cadrait mieux que cette maudite tenue de serveuse. Entre la robe, un peu de maquillage et mes cheveux autour de mes épaules plutôt qu'avec leur sempiternelle queue de cheval, je me sentais vraiment jolie pour la première fois depuis un long moment. Et la différence de taille entre nous, leur façon d'être si doux et attentionnés avec moi me faisaient sentir vraiment féminine.

Ils n'avaient rien tenté à l'appartement ou après m'avoir aidée à monter dans le camion. Peut-être était-ce vrai ? Ils voulaient simplement sortir avec moi. Tous les deux. Si quelqu'un m'avait dit il y a quelques semaines que j'aurais un rencard avec deux étalons sexy dans le Montana, j'aurais explosé de rire. Il était difficile de croire que ces deux gars le pensaient vraiment quand ils disaient qu'ils voulaient que je sois leur seule et unique. Mais ils semblaient être sincères.

Sincères, oui. Mais ils avaient aussi dit des choses qui me faisaient mouiller. Ils avaient dit qu'ils ne voulaient pas simplement être amis. Ils me voulaient entre eux et je savais que ça ne voulait pas dire juste dans le camion. Bien qu'ils se comportaient en gentlemen, je me doutais bien que si je les laissais faire, ils se comporteraient comme des vraies bêtes sauvages avec moi.

Ils disaient qu'ils souhaitaient que je sois leur épouse. Qui pouvait sortir un truc pareil en pleine conversation ?

J'aurais dû flipper. En fait, j'ai flippé. Mon Dieu, c'était parce que j'avais le sentiment que ces deux-là étaient vraiment sincères. Mais ça n'avait pas d'importance. Je n'avais même pas à m'inquiéter de la possibilité parce que je ne resterais pas ici suffisamment longtemps pour m'impliquer davantage. Une fois que Brad serait parti à l'étranger, je pourrais retrouver ma vie normale. Rentrez à Los Angeles et redevenir médecin.

Mais je pouvais au moins en profiter cette nuit. Je méritais une bonne soirée avec deux messieurs qui semblaient vouloir me montrer du bon temps. Et si j'en voulais plus ? Je pouvais passer une nuit folle entre deux cowboys super sexy. J'aurais été stupide de ne pas céder. Ils étaient magnifiques et j'avais le sentiment très fort qu'ils savaient ce qu'ils faisaient au lit. Et pour une nuit ? Je me tortillai sur le siège, ma culotte définitivement trempée.

Sachant que j'étais celle qui contrôlait la situation, et non les deux cowboys dominants, cela me permis de me détendre un peu et d'être moins à cran que je ne l'avais été jusqu'ici. Je me laissai aller contre la banquette du pick-up et je fus récompensée par un sourire de Declan qui asséha ma bouche.

Quand nous sommes arrivés au bar, qui avait une ambiance de saloon genre Far West, il était évident que ces gars-là connaissaient tout le monde. Comme nous passions devant un mur bordé de boxes, toutes les personnes assises nous saluaient.

Je reconnus Cara et ses maris alors qu'ils nous faisaient signe, mais mes hommes me propulsèrent en direction d'un box vide, ne s'arrêtant pas pour me présenter à tous leurs amis. Ce n'était pas impoli, mais ils me voulaient pour eux seuls. Cole se glissa en premier et je m'assis à côté de lui. À ma grande surprise, Declan était assis de l'autre côté de moi, nous fûmes tous les trois sur le même banc, ce qui était agréable et confortable.

Eh bien, peut-être que « confortable » n'était pas le mot approprié. Leurs cuisses frôlèrent de nouveau les miennes, leurs bras aussi. Je pouvais sentir les muscles bandés de chaque côté de moi. Il était impossible de ne pas penser à quoi ressemblaient ces muscles, à leur sensation sous mes paumes. J'étais coincée entre eux mais je n'avais pas peur - j'étais bien. Pour la première fois depuis longtemps, je me sentais complètement protégée du reste du monde.

Declan salua une serveuse et ils se tournèrent vers moi pour me laisser commander la première. Les dames d'abord. Mon Dieu - avait-on toujours respecté cette règle ici, au Montana ? Peut-être que j'avais trouvé le dernier endroit où l'esprit courtois n'était pas mort.

Quand la serveuse s'éloigna, ils inclinèrent leurs corps pour qu'ils soient tous les deux en face de moi. « Alors, Hannah, pourquoi ne pas nous en dire un peu plus sur toi », dit Declan. D'où viens-tu ? ».

Oh. C'était le moment que je redoutais. Je m'étais assez bien débrouillée pour éviter les réponses directes, mais c'était difficile de me détendre quand je pouvais tout sortir à n'importe quel moment et me dévoiler. Ne m'avaient-ils pas déjà demandé ça ? Clairement, ils ne laisseraient pas tomber à moins que je commence à leur donner des réponses.

« J'ai grandi sur la côte Est. Alors, vous venez souvent ici ? Vous semblez connaître tout le monde ».

« Tu es venue ici de la côte Est ? », demanda Cole.

Je rencontrai son regard et détournai rapidement les yeux. C'était trop intense. Comme s'ils comprenaient que je faisais exprès d'être vague. Je regardais Declan mais son expression me mit mal à l'aise. Oh, il souriait. Il semblait toujours sourire, mais j'aurais parié que sous ses airs de cowboy, son cerveau de policier cherchait à percer à jour la mystérieuse nouvelle serveuse.

Merde. Peut-être que si j'en disais un peu plus, ils me lâcheraient la grappe. Je me raclai la gorge - après avoir gardé le silence pendant si longtemps, il était étonnamment difficile de parler de moi. « Non », ai-je dit. « J'ai déménagé en Californie pour les études et je ne suis jamais partie ».

Là. C'était la vérité.

« Où es-tu allée à la fac ? » demanda Declan. Il attrapa une cacahuète dans le bol au milieu de la table et commença à la décortiquer.

« Université de Stanford ».

Ils me regardaient avec attention et je savais quelle serait leur prochaine question avant qu'ils ne la posent. « Qu'as-tu fait en Californie depuis ton diplôme ? », demanda Declan.

Je leur ai donné mon meilleur sourire innocent. « J'ai profité du soleil ». C'était une blague que j'avais souvent faite au restaurant au lieu d'une vraie réponse. Cette fois ci ? Ça ne fonctionna pas du tout.

Cole prit une gorgée de la bière que la serveuse venait de poser. « Tu étais serveuse ? ».

Pas tout à fait. Pendant une seconde j'eus l'envie de

me confier à ces hommes. Tout leur dire sur le fait que j'avais trouvé un poste à Los Angeles. Après toutes ces années d'internat, j'avais enfin atteint mon but. Ce serait bien d'en parler à ces gars-là. Mais je ne pouvais pas. Je devais rester cachée, la tête baissée, jusqu'à ce que Brad soit parti. Toute chance d'être retrouvée serait dangereuse pour moi et pour toute autre personne. Si Brad savait que j'avais un rendez-vous avec un autre mec ? Il péterait un câble. Alors deux hommes ? Je ne voulais même pas y réfléchir.

Au lieu de cela, je répondis : « je venais de quitter un boulot. Cela fait partie des raisons pour lesquelles je suis partie. Cela me paraissait un bon moyen de voir du pays ».

Je remarquai le regard qu'ils échangèrent. Avant que l'un d'entre eux puisse me lancer plus de questions, je voulais les faire parler. « Et vous ? Que faites-vous ? ».

Cole me parla du ranch de sa famille qu'il possédait et qu'il gérait. En tant que fille de la ville, élever du bétail était quelque chose que je ne connaissais pas, mais il répondit patiemment à mes nombreuses questions. Je n'avais aucune idée que les vaches pouvaient être si complexes. Declan me dit qu'il était flic, ce que je savais déjà, et qu'il avait toujours faire cela, depuis qu'il était enfant. Ce soir, il n'était pas en service ; pas de radio, pas de pistolet à sa hanche.

« Il est sérieux », ajouta Cole. « Ce type avait l'habitude de courir dans la cour de récréation en essayant d'arrêter les méchants ».

Je ris en l'imaginant. « Vous vous connaissez depuis un moment, alors ? ».

« Nous sommes amis depuis la maternelle «, déclara Declan. « Peut-être même depuis plus longtemps que ça ».

Cole acquiesça. « Quand j'avais dix-sept ans, mon père est décédé et j'ai emménagé avec Declan et sa famille jusqu'à l'âge de dix-huit ans et j'ai pris la relève du ranch. Les deux hommes échangèrent un autre regard et j'eus la nette impression qu'ils communiquaient en silence.

« C'était l'année où nous avons décidé que nous allions prendre une femme ensemble ».

5

𝓗ANNAH

OH. Qu'est-ce que j'étais censée répondre à ça ?

« J'ai été élevé dans une famille de Bridgewater », poursuivit Declan. « Deux papas, une maman incroyable. Ils m'ont donné le bon exemple. Après avoir entendu parler de ce soir, je suis sûr qu'ils s'arrêteront au restaurant pour te voir de plus près ».

Cole me lança un petit sourire d'auto-dévalorisation. « Je n'ai eu qu'un père ... et il était malheureux. Dans son mariage avec ma belle-mère, en tout cas. Quand je suis allé vivre avec la famille de Declan... ». l s'interrompit en haussant les épaules, mais son point de vue était clair. Il avait vu le genre de famille qu'il voulait avoir.

Alors que ce truc de ménage à trois était encore un concept étranger, les entendre en parler comme ça - comme si c'était normal et sain - rendait la chose presque mignonne. Romantique, même.

« En parlant de famille», déclara Declan. Je levais les yeux et vis Cara se diriger dans notre direction avec un sourire amical. « Salut les gars. Hannah, ravie de te revoir.

« Toi aussi», répondis-je. Et je le pensais vraiment. Je ne la connaissais peut-être pas depuis longtemps, mais il y avait quelque chose de si agréable chez la sœur de Declan. Elle avait ce genre de personnalité ouverte et authentique qui pouvait mettre n'importe qui à l'aise, même moi. Ses cheveux roux et ses yeux bleus étaient les mêmes que ceux de son frère, mais elle n'était pas particulièrement grande comme lui. Quand elle se tenait entre ses deux mecs, elle paraissait minuscule, exactement comme ce à quoi je m'imaginais ressembler entre Declan et Cole.

« Qu'est-ce vous faites de beau toi et tes hommes ce soir ? » Demanda Cole.

C'était si étrange de parler du fait que Cara avait deux maris comme si c'était normal. Ici, ça l'était. Ici, j'étais la personne bizarre, ne comprenant pas leur style de vie.

« Nous devons retrouver Katie et les Kanes ». Elle désigna le bar où une jolie blonde était prise en sandwich entre deux hommes attirants.

Je connaissais la réponse avant même de poser la question, mais je me suis quand même tournée vers Declan pour confirmation. « Laisse-moi deviner, une autre relation Bridgewater ? ».

Il acquiesça. « Katie était amie avec Cara quand nous étions enfants. Tu as rencontré la mère de Sam aujourd'hui au restaurant. Violet. Katie venait ici chaque été chez son oncle. Quand il est décédé l'année dernière, il lui a laissé la propriété ».

Cara intervint. « Elle est revenue pour vendre la maison, mais elle a rencontré Sam et Jack ».

Katie se dirigea dans notre direction et Cara se tourna vers Declan et Cole, en croisant les bras sur sa poitrine. « Les gars, allez commander des verres au bar ».

« Nous avons déjà des verres », protesta Cole.

Son commentaire fut accueilli par un air renfrogné. « Allez en chercher d'autres alors. Nous avons besoin d'un petit moment entre filles ».

Declan et Cole firent ce qu'on leur disait, mais pas sans une bonne dose de grognements affables. Alors qu'ils s'éloignaient, Katie nous rejoint et Cara fit les présentations. Les deux femmes se glissèrent à table en face de moi. « Je suis désolée d'avoir congédié tes rencards comme ça, mais j'avais le sentiment que tu pourrais avoir besoin d'une minute pour digérer toute cette histoire de rendez-vous à trois. Il faut un peu de temps pour s'y habituer ».

Katie acquiesça. Ses cheveux noirs étaient tirés en queue de cheval et je ne pouvais pas manquer de voir le gros diamant à son annulaire. « C'est bizarre au début, je sais. J'étais exactement là où tu es l'été dernier. Genre, dans ce bar à fricoter avec Sam et Jack ». « Je me souviens de cette nuit », ajouta Cara, avant de froncer les sourcils. « Comment ça dans le bar ? ».

Katie rougit d'un rose vif, puis sourit. « Disons juste qu'il y a un couloir tranquille après les toilettes si tu as un, hum, un besoin urgent qui doit être satisfait ». Ma bouche s'ouvrit et Cara se mit à rire. « Vous ne l'avez pas fait ». Katie sourit et semblait trop heureuse pour son bien. En jetant un coup d'œil à ses mecs, j'admis qu'ils pourraient certainement lui faire garder le sourire éternellement. « Bien sûr qu'on l'a fait ».

« Tu venais de les rencontrer, au moins en tant qu'adulte, le jour même ! ».

« Je sais. C'est pour ça que je le dis à Hannah. » Katie me regarda. « Les hommes de Bridgewater sont différents, si tu n'avais pas remarqué. Quand ils disent qu'ils te veulent, ils le pensent. Ce qui signifie qu'il n'y a rien de mal si tu les veux aussi. Et ces deux-là ? Cole et Declan. « Elle se mordit la lèvre et les regarda comme s'ils étaient des desserts décadents.

« L'un des deux est mon frère», gémit Cara. « Je ne veux rien savoir de sa vie sexuelle ». Elle frissonna. « Est ce que tu as envie d'eux? Je veux dire vraiment envie ? ». Je jetais un coup d'œil à Cole et Declan, debout au bar en train de parler avec les mecs de Katie et Cara. L'un d'eux tenait ses mains comme s'il mesurait un poisson. Tous les six étaient magnifiques. Si la rumeur se répandait que les hommes du Montana étaient si beaux, l'état serait beaucoup plus peuplé.

« Est-ce qu'il y a quelque chose dans l'eau ici ? Je veux dire, ils sont tous - »

« Canon ? », demanda Katie, puis elle gloussa.

«Oui, canon ». Je pris une gorgée de ma bière. « Ils m'intriguent. Declan et Cole », je clarifiais.

Oh, qui croyais-je tromper ? J'étais beaucoup plus qu'intriguée. J'étais fascinée. Obsédée. J'avais fantasmé sur les deux hommes depuis la première fois où ils étaient entrés dans le restaurant, mais je n'avais jamais pensé que je pourrais avoir les deux. Et putain, je me sentais mouiller rien qu'à l'idée de baiser avec deux hommes à la fois. J'avais une vague idée de comment on faisait, j'avais lu des romans érotiques, mais je ne pouvais qu'imaginer ce que ce serait dans la vraie vie.

Si j'en étais à imaginer ce que ce serait de baiser avec deux hommes, cela faisait officiellement trop longtemps.

« Intriguée ? », demanda Cara.

Le fait que Declan soit son frère et Cole tout comme son frère me faisait hésiter. Ce n'était pas que j'avais l'intention de critiquer les garçons, mais c'était difficile d'être totalement honnête. Elle sembla comprendre mon hésitation. « Écoute, je sais que je suis partiale, mais je le pense quand je te dis que si Declan et Cole s'intéressent à toi - ce qui est clairement le cas - ils sont sérieux. Ils n'ont jamais été comme ça avant ».

Katie hocha la tête au commentaire de son amie. « C'est vrai. Ces gars de Bridgewater ne sont pas comme la plupart des hommes. Je viens de New York où il y a tout un tas de connards, y compris mon ex-mari. Ils ne cherchent pas un coup d'un soir. Toute cette histoire d'âme sœur, dont ils parlent toujours ? C'est vraiment ce qu'ils veulent ».

. . .

« C'est bon à savoir ». Ce n'est pas que je ne les croyais pas quand ils parlaient de trouver l'âme sœur, ou qu'ils espéraient que je puisse être cette femme. Je croyais qu'ils le pensaient vraiment - et cela était en soi flatteur. Mais je ne pouvais pas croire que ce serait plus qu'une nuit. Je venais d'un monde différent, et je retournerais dans ce monde dès que j'en aurais la possibilité.

« Il y a quelques caractéristiques que tu constateras au sujet des hommes qui adoptent la manière de vivre de Bridgewater », dit Cara. « Ils sont loyaux, sincères, chevaleresques ... et possessifs.»

« Ah ouais ». Katie acquiesça avec force. « C'est complètement vrai. Et à en juger par la façon dont tes hommes te regardent en ce moment, il est évident qu'ils ont leurs vues sur toi ».

Je jetai de nouveau un coup d'œil vers le bar et vis qu'en effet, Cole et Declan me regardaient fixement et que leur expression et leur posture indiquaient qu'à tout moment ils étaient près à sauter par-dessus les tables et m'enlever dans leurs bras. *Tu es à nous.*

C'est ce que Cole avait dit, et même s'il n'avait probablement pas voulu que cela semble effrayant, cela ressemblait beaucoup trop aux mots que Brad avait prononcés cette nuit-là avant que je ne me sauve. Il n'était pas seulement possessif, mais il était obsédé.

Est-ce que Declan et Cole seraient comme ça ? Je n'avais pas cette impression, mais j'avais aussi eu tort à propos de Brad, et voilà où cela m'avait conduit. A me cacher dans une ville du Montana.

Je baissai les yeux sur mon verre en essayant de trouver une bonne façon de formuler ma prochaine question. « Quand vous dites qu'ils sont possessifs... ? ». Je ne parvins pas à trouver un moyen de finir ma phrase, mais les deux femmes semblaient savoir où je voulais en venir avec cette déclaration.

« Possessif dans le sens protecteur », expliqua Cara, faisant lentement tourner sa pinte sur la table en bois brillant.

« Les hommes de Bridgewater font passer leur femme en premier, toujours », déclara Katie. « Ils veulent s'assurer qu'on s'occupe toujours d'elle - ses problèmes sont leurs problèmes. C'est leur devoir de s'assurer qu'elle est heureuse ».

« Et satisfaite », ajouta Cara avec un mouvement de sourcils qui nous fit rire toutes les trois. Elles m'avaient réconfortée et rassurée sur le fait que Declan et Cole n'étaient pas comme Brad. Ce qu'elles me dirent ne fit que réaffirmer ce que mon instinct m'avait dit dès le moment où je les avais rencontrés. C'étaient deux mecs biens - des mecs gentils. C'étaient aussi des hommes sexy, et ils me regardaient.

« Alors, quel est le verdict ? » Demanda Katie, se mordant ouvertement la lèvre pour ne pas sourire. « Tu es intéressée ? ».

J'ouvris la bouche pour répondre et m'arrêtai. Est-ce que j'étais intéressée ? Le désir violent venant d'entre mes cuisses me répondit. Mais ce n'était pas ce qu'elle avait voulu dire. Je n'avais aucun doute sur le fait qu'elle n'aurait pas de problème si je couchais avec son frère et son ami pour une nuit tumultueuse, mais elle ne voulait probablement pas entendre parler de ça. Elle cherchait plus à savoir si je voulais devenir sa belle-sœur. « Je... je ne sais pas. C'est hum, et bien, le premier rendez-vous, donc le mariage n'est pas vraiment dans mes plans. D'ailleurs, je n'avais pas prévu de rester longtemps ici ».

« Tu n'as pas à décider ce soir si tu veux quelque chose de sérieux avec eux », déclara Cara. « À ce stade, il faut juste que tu saches si tu es attirée par eux. Si c'est le cas, le reste dépend d'eux ».

« D'eux ? »

Katie hocha la tête avec autorité. « Crois-moi, l'été dernier, j'étais dans le même bateau que toi en ce moment. Je n'avais pas l'intention de rester, mais mes hommes m'ont montrée à quel point cela pourrait être bien si je restais.

« Je suppose qu'ils ont bien plaidé leur cause dans le couloir du fond ? », demandai-je.

Elle me lança un sourire suffisant. « Oh oui. Et je peux dire avec plaisir que rester à Bridgewater fut la meilleure décision jamais prise. Mais et toi ? Oublie le long terme, est-ce que ces gars t'intéressent ? ». Cara et Katie me regardaient attentivement. Je ne pouvais pas leur mentir. « Ouais », dis-je. « Je suis intéressée ». Je jetai de nouveau un coup d'œil aux hommes et leur vue suffit pour me faire baver. « Qui ne le serait pas ? ». « C'est ça ma grande ». Cara me souriait comme si nous étions amis depuis l'enfance, comme Katie et elle.

« Mais je ne peux pas faire de promesses », ajoutai-je.

Avant que je puisse aller plus loin, Katie me coupa d'un geste de la main. « Personne ne s'attend à ce que tu le fasses et surtout pas eux. Ils savent que c'est à eux de te montrer ce que ça pourrait être. Elle me lança un clin d'œil. « Crois-moi, tu passeras un moment incroyable à être convaincue ».

Ça, je le pouvais croire. Je jetai un autre coup d'œil aux hommes et vis que Cole et Declan revenaient dans notre direction. La conversation entre filles était terminée. Mais j'allais mieux grâce à ça - ma tête me semblait beaucoup plus claire et elles m'avaient aidé à calmer un peu mes nerfs.

« Qu'est-ce qu'on a manqué ? », demanda Declan, se glissant à côté de moi.

Cole regardait Cara avec un air exagérément renfrogné. « Tout ce que celle-là a dit sur nous est faux ».

Cara battit des cils. «Je n'ai dit que des choses merveilleuses. N'est-ce pas, Hannah? «

Je hochai consciencieusement la tête. «Elles ont été extrêmement positives. Et elles m'ont bien aidée ».

À leur regard interrogateur, Cara dit : « Je lui ai dit que c'était à vous, les garçons, de lui montrer à quel point cela pouvait être bien. Ce n'est pas que je veuille savoir quoi que ce soit à ce sujet. Elle fronça les sourcils, puis leur lança un sourire malin. « Ne la décevez pas les gars. Elle est super et je pense qu'elle serait un bon ajout à la famille ».

Cara et Katie se glissèrent hors de la table et partirent retrouver leurs hommes, me laissant idiote, rougissante et bégayante. Mon Dieu c'était embarrassant. Ils devaient savoir exactement de quoi nous parlions. Je baissai la tête pour éviter leurs regards, mais Cole plaça un doigt sous mon menton et inclina ma tête vers le haut.

« Elle a raison, tu sais. C'est à nous de décider ». Merde, il était sexy. Mes yeux étaient fixés sur ses lèvres et cette barbe sur ses joues. Quelle sensation cela ferait-il de l'embrasser ? « On peut rester ici, jouer au billard, prendre une autre bière. Ou on pourrait s'en aller ». Declan posa une main sur ma cuisse et mon attention fut attirée par ces yeux bleus intenses et ces larges épaules. « Nous te voulons, Hannah. Qu'est-ce que tu en penses, veux-tu nous laisser te montrer à quel point ? ».

Oh putain, il n'y avait aucune chance que je dise non, même si je l'avais voulu. Et je ne voulais pas dire non. Je vivais un cauchemar depuis des semaines... des mois. J'avais abandonné le travail de mes rêves et je fuyais un homme qui me terrifiait. J'avais désespérément besoin de me sentir libérée, et Dieu sait que j'étais si prête pour un orgasme provoqué par un homme, que je pouvais à peine rester assise.

Et maintenant, deux hommes incroyablement canons voulaient coucher avec moi. Je me suis laissée faire ce que je mourais d'envie de faire dans la camionnette. Posant une main sur la cuisse de Cole et l'autre sur celle de Declan, je les regardai l'un et l'autre. « Montrez-moi »

6

Hannah

Les garçons ne perdirent pas un instant pour demander l'addition et m'emmener dehors. Nous étions partis si soudainement que j'étais un peu anxieuse de ce que les gens allaient penser. Cara et Katie et leurs mecs comprendraient sûrement pourquoi nous partions si vite après notre petite conversation. Mais dès que cette pensée me vint, je l'écartais. Si j'avais appris une chose sur Bridgewater, c'est que personne ne me jugerait si je faisais un plan à trois avec Cole et Declan. Et puis zut, ils les ont tous poussés vers moi au restaurant. Katie avait même dit qu'elle avait couché avec son mec dans le couloir de derrière. S'ils s'en fichaient, pourquoi pas moi ?

Un drôle de sentiment de liberté et d'incrédulité me fit étouffer un rire quand Declan me prit la main dans le parking et que Cole passa son bras sur mon épaule. Qu'est-ce que j'étais en train de faire ? Ça ne me ressemblait pas du tout. Je m'étais accrochée à l'idée de Brad depuis si longtemps, car il était tout ce que j'étais censée désirer. Beau, avec tous ses cheveux et un bon boulot. Un haut rang dans l'armée. Une pension de militaire. Sur le papier il avait l'air parfait, mais en réalité...

Et maintenant il y avait Declan et Cole. Eux aussi étaient magnifiques – Brad était terne en comparaison – ils avaient un travail, tous leurs cheveux, mais ils formaient une paire. Ils étaient tous les deux intéressés par moi, ils voulaient tous les deux me déshabiller. Ensemble. Dans toute autre ville aux États-Unis, ils se seraient battus pour moi. Ici, à Bridgewater, ils travaillaient ensemble pour m'avoir.

Insensé.

Ils me guidèrent jusqu'à la camionnette de Cole et m'aidèrent à monter.

Une fois fermement calée entre eux, l'attente se fit sentir. Je ne sais pas si j'étais plus nerveuse ou excitée, mais dans tous les cas j'avais du mal à tenir en place.

Comment est-ce qu'ils allaient s'y prendre ? Je connaissais les scénarios possibles du plan à trois. J'avais lu des livres, regardé des films porno. S'ils avaient l'intention de me prendre ensemble, j'avais trois trous pour deux pénis donc... Je contractais mes fesses à l'idée d'une double pénétration. Je n'étais pas prête pour ça. Mes fesses ?

Rien n'était jamais allé là-dedans auparavant. Est-ce que ça ferait mal ? Bien sûr que oui. Mais Cara et Katie avaient l'air d'aller très bien et n'avaient pas mentionné de difficultés à ce sujet lors de leur petit discours d'encouragement. Il n'y avait pas de doute sur le fait que leurs hommes étaient intéressés par les trucs de fesses. Il me manquait des connaissances dans ce domaine, et j'étais sûre que les garçons m'aideraient.

Je n'étais pas la seule qui ne pouvait pas attendre. Le silence dans le camion ajoutait à ma nervosité et je me mordis la lèvre pour m'empêcher de blablater comme une idiote, ce que j'avais tendance à faire quand jetais nerveuse. Je voulais leur poser des questions sur la logistique de l'affaire, mais comment demande-t-on à un mec la façon dont il comptait réussir à entrer dans son anus vierge ? Ouais, ça ne pourrait pas marcher. Je veux dire, je n'avais vu aucun d'entre eux nus, mais cela semblait impossible qu'ils aient des petites bites. Non, si leurs pénis allaient avec leur physique, eh bien…

JE SERRAIS mes mains et regardais droit devant moi. J'étais en train de faire ça. Putain, j'étais vraiment en train de faire ça. Même les trucs de cul. D'une manière ou d'une autre.

Declan attrapa mes mains et les sépara. Prenant doucement l'une d'entre elles dans la sienne, il l'approcha de sa cuisse et la caressa, massant ma paume avec son pouce dans un mouvement qui réussit à calmer un peu mes nerfs tout en réveillant mes sens. Mon Dieu, ce simple contact suffisait à me couper le souffle et à contracter mon ventre d'envie.

Quand il eut fini, il plaça ma main sur sa cuisse, m'encourageant silencieusement à continuer l'exploration que j'avais commencée au bar. Il n'eut pas besoin de me le dire deux fois. Ma main semblait avoir une volonté propre. Je caressai sa cuisse et vis du coin de l'œil son érection durcir, gonflant son jean délavé. Ma bouche devint sèche. Putain, j'avais raison. Son pénis était large. Et long.

Oh mon dieu, ma culotte était complètement trempée.

Il prit ma main et la fit glisser plus haut. Je ne la

retirai pas, ma curiosité prenant le dessus. Je voulais le sentir, voir à quel point il était large. Sa main sur la mienne, je glissai sur son pénis et il émit un sifflement. Une lueur de triomphe me traversa. Cela faisait longtemps que je ne m'étais pas sentie aussi puissante avec un homme. Mais j'en avais deux avec moi.

C'était le tour de Cole. Laissant ma main sur le pénis de Declan, je cherchai Cole avec l'autre et je touchai avec prudence le haut de sa cuisse. « Est ce que je ne devrais pas te toucher aussi ? », demandai-je.

« Doucement ma chérie », dit-il. Sa voix était un grognement grave. « Il faut que je nous ramène entier chez Declan et ce que tu fais suffit pour que je jouisse ici et maintenant ».

« Vraiment ? », je demandais, surprise. Je me mordis la lèvre pour ne pas rire. Mon Dieu cela faisait du bien de se sentir désirée.

« Tu pourras nous toucher tant que tu veux lorsque l'on arrivera », dit Cole, la voix rauque de désir ».

« Nous sommes à ta merci ». J'arrêtais de respirer pendant une seconde alors que toutes sortes de possibilités me passaient par la tête. Oh merde, je n'avais même pas réalisé que mes fantasmes pouvaient être aussi obscènes jusqu'à ce que je leur laisse libre cours.

« Mais ça va dans les deux sens », ajouta-t-il.

Declan se pencha pour que ses lèvres soient proches de mon oreille. « Tu es a notre merci aussi » dit-il. « Et nous allons te toucher partout, jusqu'à ce que nous supplies ». Oh mon Dieu, je manquais de défaillir à ses mots. Oui. Oui ! Faites que je vous supplie.

« Nous sommes bientôt arrivés », dit Declan d'une voix rassurante. Apparemment, mon désir était facile à deviner.

Cole attrapa ma main qui était innocemment posée sur son genou. « En attendant, pourquoi tu ne nous montrerais pas comment tu aimes être touchée ? ».

Ma bouche s'ouvrit en grand et je les regardais l'un et l'autre. Oh non. Je ne pourrais pas. J'étais l'opposée d'une exhibitionniste – quand Brad et moi couchions ensemble, c'était toujours dans le noir sous les couvertures, et je n'avais jamais été aussi excitée que maintenant. Je ne pourrais jamais.

« Ce n'était pas une question ». La voix de Cole était devenue dure, autoritaire. Peut-être que cela aurait dû me faire peur, puisque Brad me faisait des demandes qui me foutaient les jetons, mais ce ne fut pas le cas. Cette fois il n'y avait pas de froideur, pas de cruauté.

. . .

Quand bien même. J'avalais ma salive, retirais mes mains et les pliais sur mes cuisses. « Désolée, ne pensez pas que je suis une allumeuse. J'ai... J'ai peur ».

Le camion ralentit un peu, mais Cole garda ses yeux sur la route. « Est-ce que tu as peur de *nous* ? », demanda-t-il. Est-ce que c'était ça ? Est-ce que j'avais peur d'eux ?

« Je ne vous connais pas », commençais-je. « Bien que tout le monde m'ait rassuré sur vous et que vous n'ayez rien fait pour m'effrayer, je ne peux pas m'en empêcher ».

« Et pourtant, à l'instant ta main était sur mon pénis. Tu n'as pas peur », Dit Declan, me contredisant. « Il y a autre chose ».

Il avait raison. Je n'avais pas eu peur de monter dans le camion avec eux. Je n'avais pas eu peur quand je touchais Declan ni même quand j'avais essayé de faire pareil avec Cole. C'était les mots de Cole qui m'avaient gêné. Non, c'était son ton. « Je n'aime pas quand on ne me laisse pas le choix ».

« Tu veux dire quand je t'ai dit quoi faire, quand je t'ai dit de nous montrer comment tu te touches », répondit Cole.

Je hochais la tête.

« Que crois-tu qu'il se passerait si tu disais non ? ».

Qu'ils seraient en colère. Ou pire. Je ne pouvais pas leur dire ça. « Que vous… Mon dieu, je n'en sais rien ».

Mais je savais, et je refusais de le dire.

«Tu ne l'as pas fait, ce qui veut dire que tu as dit non. En tout cas sans parler ».

Je réfléchis une seconde. « Je suppose que c'est le cas ».

« C'est le cas, chérie. Et que s'est-il passé ? ».

Je regardais Cole. Il surveillait la route, mais son regard rencontra le mien pendant un instant.

Je n'y voyais pas de colère. Je n'y voyais pas de rage monter. J'y voyais, mon Dieu, de l'ardeur.

«Tu m'as écouté. Mes inquiétudes.»

Cole me prit la main, la porta à sa bouche et m'embrassa doucement les doigts. « J'aime diriger les choses, si tu n'avais pas encore remarqué. Surtout dans la chambre. Je ne te ferais jamais, jamais, faire quelque chose que tu ne veux pas faire ».

Il garda ma main dans la sienne, mais je savais que je pouvais la libérer à n'importe quel moment.

« C'est la même chose pour moi », ajouta Declan. « Bien que tu puisses penser – et ressentir – le contraire, nous ne sommes pas dirigés par nos bites ».

« On est dirigé par toi », répondit Cole. « Laisse-moi te poser cette question. Est-ce que tu es excitée par nous ? ». Je me mordis la lèvre, et hochai la tête.

« C'est bien. Si je deviens dominateur avec toi, c'est parce que je veux que tu oublies tout, excepté ce qu'il se passe entre nous, ce qui est agréable. »

« Comme les trucs SM ».

Declan pris mon autre main, l'embrassa. Maintenant les deux hommes me tenaient les mains, et je restais assise au milieu d'eux. « Si tu aimes le bondage, nous serions plus que ravis de t'attacher à la tête de lit. La domination est définitivement quelque chose qui nous plaît », continua Declan.

« Je ne suis pas fan d'infliger de la douleur et je doute fortement que tu sois masochiste ».

Est-ce que j'aimais la douleur ? « Ouais, en fait, non ».

« Donc essayons un truc, en gardant en tête qu'on arrête des que tu le souhaite », dit Cole. « OK ? ».

« OK », répondis-je.

« Sois gentille et montre nous comment tu te touches », dit Declan, relâchant ma main. Il répétait les mots que Cole avait prononcés auparavant. Le ton était légèrement différent, mais je n'avais pas manqué de remarquer sa personnalité « dominatrice ».

Quand je me tournai vers Declan, son petit sourire était encourageant, mais il m'attendait. Ils voulaient voir ce qui m'excitait. Cela faisait d'eux de bons et généreux partenaires. Non ?

Brad m'avait vraiment affectée. Détruit ma confiance en moi, amenée penser que tous les hommes étaient comme lui. Je m'étais sauvé loin de lui pour vivre ma vie, mais je le laissais encore me contrôler. Cole et Declan n'étaient pas comme Brad. Pas du tout. C'était injuste de ma part de les comparer à lui. Quand ils étaient autoritaires et en mode homme alpha, ça me plaisait. Ça me plaisait même beaucoup. Et le fait de savoir qu'ils faisaient ça parce que c'était drôle – et sexy – me donnait envie de me laisser aller. A ce que je voulais vraiment, et c'était eux.

Mon souffle était saccadé lorsque je soulevais doucement l'ourlet de ma robe. J'étais certaine que mon visage était rouge pétard comme je m'exposai lentement, mais la cabine de la camionnette était trop haute pour que quelqu'un puisse voir ce que j'étais en train de faire. Comme s'il avait pu lire dans mes pensées, Declan ajouta, « Personne ne peut te voir Hannah. Juste nous. Nous ne te partagerons jamais avec quelqu'un d'autre ».

Cela m'apaisa, de savoir que ce que nous faisions était privé. Spécial. Écartant légèrement mes jambes, j'appuyai mes doigts sur ma culotte mouillée et ravalai un gémissement. Oh merde, j'étais vraiment près de jouir. Comment était-ce possible ?

Cole émit un son désapprobateur. « Désolée chérie, ça ne va pas aller ».

Je m'immobilisai, ma main arrêtée alors que je levais les yeux vers Cole, qui me fit un clin d'œil.

Declan expliqua. « Nous voulons voir exactement ce que tu fais, quand tu te touches, mon trésor. Enlève ta culotte ». Son ton était gentil, mais ferme. Je ne pensai pas qu'il était possible d'être plus excité mais son ordre eut cet effet. Ils m'avaient rassurée sur ce point, et c'était acceptable que j'apprécie qu'ils soient autoritaires. Je ne devais pas aimer ça après Brad – qui n'avait pas rendu ça sexy du tout – mais pourtant c'était le cas, peut-être parce qu'ils n'étaient pas Brad. Je soupirai. Assez avec Brad.

Je soulevai mes hanches et baissai ma culotte jusqu'à mes genoux.

« Écarte les jambes », dit Cole.

Je fis ce que l'on me disait et fus récompensée par leurs grognements de plaisir à la vue de ma chatte mouillée.

Il n'était même pas huit heures et le soleil ne s'était pas encore couché. Ils pouvaient me voir distinctement. Ils pouvaient tout voir.

« Montre-nous ». La voix de Declan était rauque.

Je gémis doucement lorsque mes doigts trouvèrent mon clitoris, et fermai les yeux. C'était si obscène, si malsain. Je fis le tour de la petite bosse sensible avec mes doigts, déplaçai mes hanches et gémis. Je me faisais monter par ce mouvement circulaire familier, mais j'étais plus mouillée que je ne l'avais jamais été et le son que cela produisait ainsi que mon souffle saccadé envahissait la cabine de la camionnette. Le fait de savoir que leurs yeux étaient sur moi m'excitait d'avantage, me poussait presque au bout. Je continuai à jouer pendant que Cole conduisait. « Je ne peux pas. Si je continue, je vais jouir ».

« On s'occupe de toi », dit Cole. La camionnette s'arrêta et les garçons se mirent en mouvement. C'est seulement à cet instant que j'ouvris les yeux et vis Cole se glisser hors du siège conducteur et Declan se tourna de façon à me faire face.

« Allonge-toi et écarte les jambes ».

« Quoi ?», demandai-je, surprise et confuse, mais Cole détacha ma ceinture, puis m'allongea doucement pour que ma tête se retrouve sur le siège conducteur. Qu'est-ce que j'étais en train de faire ? Avant que je ne puisse poursuivre d'avantage cette pensée, Declan glissa au bas de la camionnette et se tint debout devant la porte. Il agrippa mes genoux et me tira vers lui. Je poussai un cri, puis un autre encore plus fort avec son geste suivant.

Il mit ses mains sur mes genoux et enfouit son visage entre mes cuisses. Lorsque sa langue toucha ma chatte, tout ce que je pouvais dire se limitait à « Oh mon Dieu, oh mon Dieu » et serrer mes cuisses contre ses oreilles.

7

Hannah

Il était doué. Très doué pour stimuler mon clitoris avec une précision impitoyable. Mes doigts enchevêtrés dans ses cheveux, je jouis si fort que je ne pouvais plus rien voir ou entendre, seulement mon propre Plaisir.

Quand je finis par ouvrir les yeux, je me retrouvais à l'envers à regarder a le sourire extraordinairement suffisant de Cole. Je levais la tête et vis Declan qui me souriait, s'essuyant la bouche avec le dos de sa main. Pour essuyer mon excitation de son visage. Je me redressais et les deux hommes s'approchèrent pour m'aider. J'essayai de récupérer ma culotte qui pendait a l'une de mes chevilles par une manœuvre maladroite, mais Declan l'attrapa en premier, l'étudia et la mis dans la poche de sa chemise.

Ma bouche s'ouvrit grand quand je réalisai qu'il n'avait aucune intention de me la rendre. Je n'étais pas seulement cul nu, mais j'étais cul nu dans un endroit ou n'importe qui pouvait nous voir.

« Oh mon Dieu, j'ai fait ça sur le bord de la route. N'importe qui aurait pu nous voir ».

Declan sourit, clairement satisfait de ses compétences orales. « Nous sommes dans mon garage ».

Je me redressai sur les coudes, avant de m'asseoir. Nous *étions* dans son garage et la porte était fermée. La lumière d'une fenêtre sur le côté du mur et l'ampoule de la porte du garage éclairaient la pièce. Quand avaient ils fermé la porte ? J'étais partie tellement loin que je n'avais même pas remarqué que nous étions arrivés chez Declan, encore moins dans son garage.

Je poussai un soupir de soulagement à l'idée que je ne m'étais pas faite lécher par un mec sur le bord de la route, j'évaluai la situation. Je me sentais bien. Mes doigts me picotaient toujours et j'avais chaud partout, mais je ne me souvenais pas m'être déjà sentie aussi détendue. Je ne pus m'empêcher de sourire. Putain, j'avais besoin de ça. « C'était, hum... Merci ».

Declan rit de mes remerciements. « Tu n'as pas à me remercier. Le plaisir était pour moi. Je mourrai d'envie de goûter ta jolie chatte depuis la première fois que l'on t'a aperçue au restaurant ».

Cole ajouta, « Tu n'as pas idée du nombre de fois où j'ai eu envie de soulever la jupe de ton uniforme et de te dévorer ».

« Oh ». C'était tout ce que je trouvai à dire. Un petit orgasme et, bien qu'ils soient toujours des gentlemen, ils ne se retenaient plus. C'étaient les vrais Cole et Declan. Magnifiques, audacieux, légèrement arrogants, très exigeant et très, très rigoureux.

J'aurais pu ne pas me sentir dans mon élément avec ces deux-là – je n'avais jamais imaginé ce que l'on venait de faire – mais j'étais déterminée à profiter de chaque seconde. Et j'avais certainement apprécié les quelques dernières minutes. Plus que jamais dans ma vie. Et c'était seulement la bouche de Declan et nous avions encore tous nos vêtements. Sauf ma culotte.

Ce petit rêve ne durerait pas longtemps et maintenant que je savais ce qu'ils pouvaient faire, il n'y avait aucune chance que je laisse mes inhibitions et peurs me retenir de savourer ma seule et unique chance de vivre mes rêves les plus obscènes. Et je n'avais aucun doute qu'ils puissent satisfaire chacun d'entre eux, y compris certains que je ne connaissais pas encore.

DECLAN SE PENCHA, me sortit de la camionnette et me jeta par-dessus son épaule comme si je ne pesai rien du tout. Je ne savais pas s'il fallait rire ou crier d'indignation, mais le rire triompha, surtout après avoir vu Cole sourire derrière nous.

Declan me claqua les fesses en m'emmenant a l'intérieur, en haut dans la chambre, enjambant les marches deux par deux. « Tu es à nous pour la nuit », dit-il en me déposant devant un énorme lit. Je regardai ce sombre et mystérieux mec canon puis Cole, avec sa magnifique beauté classique. Il y a quelques minutes à peine, je lui aurais dit que ce genre de phrase m'effrayait, mais maintenant, cela ne me faisait plus peur du tout. Cela me rendait avide.

Je leur appartenais pour la nuit ? Ouais, ça m'allait très bien. Simplement je n'avais pas compris qu'il me fallait un bon orgasme pour réaliser ça.

« Retire ta robe », ordonna Declan. En croisant les bras sur sa poitrine, il fit un clin d'œil, effaçant la dureté de ses mots. Maintenant, je n'avais plus peur de sa domination. Je la savourai.

Je ne pus m'empêcher de lui sourire en m'extirpant de ma robe, la passant par-dessus ma tête et me remerciant silencieusement d'avoir pensé à porter mon joli ensemble noir en dentelle. Cela dit, ma culotte était dans sa poche donc l'effet n'était pas le même. A la manière dont ils me regardaient, je n'eus pas l'impression que cela leur importait. Même pas un petit peu, au vue de leurs queues qui gonflaient.

Quand bien même, je me sentais gênée et mise à nue, me tenant debout, ne portant presque rien pendant que deux hommes complètement habillés m'observaient ouvertement de la tête aux pieds. Cette gêne disparut rapidement alors que je constatai le désir et l'appréciation qu'ils ne cherchaient pas à cacher.

« Putain, tu es si belle », dit Cole doucement. Il fit un pas vers moi. « Enlève le soutien-gorge, ma chérie ».

Je commençai à m'exécuter mais m'interrompis. Je savais ce qui allait arriver. Ces mecs me feraient jouir encore... et encore. Ils étaient déterminés à me rendre heureuse, à me montrer comment les choses pouvaient être. Non pas que je me plaignais, mais il y avait quelque chose dont j'avais tout d'abord besoin.

Mes pensées me renvoyèrent à ce sentiment que j'avais eu dans le camion quand mes mains étaient sur leurs jambes. J'avais vu leurs queues se durcir et l'effet que j'avais sur eux. Ce sentiment était ce que je voulais maintenant. J'avais besoin d'expérimenter mon propre pouvoir avant de leur laisser le contrôle.

« Attendez », dis-je. A mon enchantement, ils s'immobilisèrent instantanément. Pour tous leurs commandements et leurs ordres, c'était moi qui posais les règles, comme ils me l'avaient dit. Leur réaction était la preuve qu'ils ne feraient jamais une chose que je ne voulais pas qu'ils me fassent. Je le savais déjà au fond, mais le constater de mes propres yeux était satisfaisant.

« Quelque chose ne va pas ? », demanda Declan, l'inquiétude peinte sur son visage.

« On te l'a dit, on veut y aller doucement », dit Cole.

Je ravalai un sourire. Doucement n'était pas vraiment ce que j'avais en tête. Je secouai la tête. « Ce n'est pas ça. C'est juste… je vous veux voir d'abord.»

Je fus récompensée par un sourire malin de Cole et un rire de Declan. « Si Madame insiste ».

Ils se débarrassèrent rapidement de leurs vêtements et comme ils faisaient tomber leurs jeans et leurs boxers, ma mâchoire se décrocha. « Wow, hum…wow ».

Putain, ils étaient plus gros que ce que j'imaginais. Longs et larges, leur pénis bien durs suppliaient d'être touchés. Et quand Cole attrapa la base du sien et commença à le caresser doucement, je me léchai les lèvres. Je voulais les goûter, les faire jouir comme ils l'avaient fait pour moi. Dans un retournement surprenant, je réalisai que leur prévenance et domination me rendaient audacieuse. Je pouvais être moi-même. Non, je pouvais être un nouveau moi, un moi qui ne reculait pas devant ce qu'il voulait.

J'étais passionnée et sauvage, un peu cochonne aussi, et j'allais complètement embrasser et accepter ça.

Quand ils me disaient quoi faire, ils me donnaient de l'espace pour tout oublier et juste m'épanouir, pour laisser mon plaisir et désir prendre le dessus. Je m'abandonnai à cela, tombant à genoux devant eux. « Qui sera le premier ? ».

« Whoa, chérie, tu n'as pas à faire ça,» dit Cole, les yeux sombres. En feu. Je les avais choqués, c'était clair. Il s'était immobilisé devant mon comportement osé, mais attrapa tout de même sa queue.

« Si, vraiment si,» je répondis en les regardant. Ils étaient si larges, si puissants et pourtant tendres. Attentifs. « J'avais peur, mais plus maintenant. Un orgasme m'a aidée. Beaucoup.»

Ils sourirent.

« Je veux ça. Je vous veux. Tous les deux ».

Cole grogna d'approbation et Declan s'avança, saisissant son pénis et le mettant lentement dans ma bouche ouverte. Quand j'eus fermé mes lèvres autour de sa queue, il passa sa main dans mes cheveux pour me maintenir proche.

Oh merde, cela faisait tellement longtemps que je n'avais pas fait ça, une petite part de moi espérait que je n'avais pas oublié. Mais il s'avère que sucer un pénis c'est comme faire du vélo. Je bougeai ma tête d'avant en arrière, faisant sortir et entrer sa queue, utilisant ma langue pour le caresser sur toute sa longueur et me délectant de ses gémissements. Il était comme du velours contre ma langue, mais dur comme de la pierre. Trop gros pour le prendre en entier, j'enroulai mes doigts autour de la base et le travaillai tout en aspirant mes joues en le suçant.

J'entendis Cole s'approcher de moi et le sentis frotter son pénis contre ma joue, sentis la traînée de liquide pré-séminal. C'était sexy, cochon et très, très bon. Je me reculai, relâchai Declan et pris le pénis de Cole dans ma bouche, enroulant ma langue autour du bout évasé comme si c'était une sucette, léchant l'essence salée. Il ne me laissa pas le prendre dans ma bouche, le sentir glisser dans ma gorge avant de se retirer.

« Tu t'es bien amusée Hannah. Maintenant c'est à notre tour ».

Il fit une pause, attendit que j'acquiesce, puis dit : « sur le lit. Maintenant».

Je ne paniquai plus à ce ton autoritaire. Je n'en étais que plus mouillée.

Declan me souleva doucement et m'aida à monter sur le lit. Avec ses doigts experts, il décrocha mon soutien-gorge, mes seins se relâchant, libres. Mes tétons étaient déjà durs mais en raison de la fraîcheur de l'air.

« A quatre pattes,» commanda Cole.

Oh oui. Mon dieu, l'idée de lui me prenant par derrière me fit m'exécuter rapidement. Dès que je le fis, il s'agenouilla sur le lit à mes côtés et déchira l'emballage d'un préservatif. Je regardai le mouvement de ses abdos lorsqu'il bougeait, la ligne noire de poils qui descendait vers son pénis. Et sa queue énorme.

Est-ce que ça allait rentrer ? Ma chatte se contracta, avide de connaître la réponse.

Mes seins se balançaient vers le bas et mes fesses étaient en l'air. Tout était exposé et je m'en moquai. J'avais juste besoin de ce gros pénis tout au fond de moi. Maintenant.

« Ça va être rapide, chérie. » Il leva les yeux, la capote sur sa queue, et sourit. « La prochaine fois, nous irons doucement et gentiment ».

Ça m'allait. « Oui, prends-moi ».

Qui était cette femme en rut ? Je ne pouvais pas croire que c'était moi. Nue dans lit, prête à tout et avide de deux pénis.

Il se plaça derrière moi, écartant mes genoux avec les siens pendant que Declan s'assit sur le lit, s'adossa à la tête de lit, rembourrée de cousins. Prenant ma main, il m'attira pour que mes mains soient de chaque côté de ses hanches. Ma bouche se trouva directement au-dessus de son pénis bien dur. Il était courbé, touchant presque son nombril. Je connaissais son goût, l'effet qu'il faisait dans ma bouche et je le voulais de nouveau. Je voulais sentir ses doigts emmêlés dans mes cheveux, me guider vers ce qu'il aimait. Je voulais qu'il jouisse dans ma bouche pour pouvoir le goûter, et avaler chaque goutte.

Cole écarta mes lèvres, puis pressa lentement son pénis contre ma chatte humide pendant que Declan guidait ma tête et glissait sa queue entre mes lèvres.

Cole trouva rapidement un rythme dur et rapide, me remplissant pendant que je suçais le pénis de Declan avec ardeur. Je gémis alors Cole glissait encore et encore sur mon point G. Declan grogna en réponse et resserra sa prise sur mes cheveux d'une main, entourant et jouant avec mes seins de l'autre.

J'allais jouir. J'étais si proche, pressant mes hanches en arrière, me calant sur le mouvement de Cole pour le prendre le plus profond possible. Mais cela ne suffisait pas. D'une certaine manière, il le savait car il passa son bras autour de moi et commença à tourner son pouce sur mon clitoris. Je gémis de nouveau et cette fois, Declan leva ses hanches, enfonçant son pénis profondément dans ma bouche, se durcissant puis jouissant. Je le regardai, et je le vis contracter sa mâchoire, rugir de plaisir de la chaleur humide de ma bouche. Je sentis la giclée de son sperme chaud au fond de ma gorge alors que Cole tripotait mon clitoris. Je jouis dans un cri étouffé, mes yeux se fermèrent et m'abandonnant au plaisir qui faisait trembler mon corps, mon cœur battant la chamade et le souffle coupé.

Cole me baisa, toute cadence perdue, s'abandonnant à son profond désir de jouir. Dans un cri, il agrippa ma hanche et me remplit, son sperme capturé dans la capote.

Declan m'écarta de son pénis épuisé et me prit dans ses bras, notre peau, humide de transpiration, collée ensemble. Il était chaud, si chaud et il était musclé et puissant, large et protecteur quand il m'entoura de ses bras.

Cole s'extirpa de moi, alla aux toilettes et revint après quelques minutes. Il apporta un gant de toilette humide et me nettoya avec douceur mais j'étais trop épuisée pour m'intéresser au fait qu'il était en train de s'occuper de mon intimité.

Quand il eut fini, il s'effondra sur le lit à côté de nous, détendu et satisfait. Comment avais-je pu penser que ces deux la étaient effrayants ? Ils étaient comme de gros ours en peluche musclés. Des hommes qui aimaient baiser avec vigueur et me chérir profondément.

Au bout d'un moment, ils me déplacèrent afin que je sois bien installée entre eux deux, ma tête sur le torse de Declan et le corps chaud de Cole qui m'entourait. Une couverture était posée sur nous et je m'abandonnai à un sommeil satisfait.

Quand je me suis réveillée, il faisait encore nuit et les deux hommes dormaient de chaque côté de moi. Tout ce que nous avions fait me revint en un instant chaud et brûlant. Putain de merde, qu'avais-je fait ? J'avais couché avec Declan et Cole. Pas seulement couché avec eux, mais baiser avec eux. Oui, il n'y avait pas d'autre mot pour ça. J'étais une fille sale, très sale. Non. Je refusai de me sentir coupable à ce sujet. A propos de mon entre-jambes endolori. Mais cela ne voulait pas dire que je devais rester ici. Le temps de m'amuser était fini et l'unique nuit aussi.

Une nuit, c'était tout ce que cela devait rester. Une nuit spectaculaire dont je me souviendrais pour le reste de ma vie. Nous nous étions tous amusés, nous avions appris à nous connaître comme je ne l'avais pas imaginée - comme si la sensation de ma langue glissant sur la veine palpitante le long du pénis de Declan ou des doigts de Cole alors qu'il me tenait immobile pour pouvoir me marteler.

Ouais, sale. Cochon et obscène. Et libérateur. Je n'aurais plus peur.

Je me déplaçai lentement, me dégageant avec précaution du creux de l'épaule de Declan et soulevant le bras de Cole autour de ma taille. J'étais presque arrivée au bord du lit quand j'entendis Cole bouger derrière moi. Tout à coup, son bras était de nouveau serré autour de ma taille, me maintenant dans le lit. Ses mains entourèrent mes seins, leur allant parfaitement.

« Je ne crois pas, chérie ».

« Je, euh, je dois rentrer chez moi », murmurai-je, ne voulant pas réveiller Declan.

« Il est hors de question qu'on te laisse rentrer seule à pied ».

« Je veux juste - ».

Il m'attira en arrière pour que je sois allongée, serrée contre lui, de nouveau blottie entre lui et Declan, qui commençait à remuer.

« Pas de discussion», dit-il, sa main caressant doucement mon bras de haut en bas. Ce rendez-vous n'est pas fini jusqu'à ce que l'on te reconduise chez toi ».

Il semblait que ce ne serait pas maintenant. Je cédai avec un soupir. Je suppose qu'il n'y avait pas de mal à prolonger ma nuit fantastique quelques heures de plus. Au moins jusqu'à ce que le soleil se lève.

Cole bougea, remontant sur son avant-bras pour se pencher sur moi. La pièce était sombre, mais la lueur de la lune à travers la fenêtre me permit de voir que ses yeux étaient noirs de désir, son sourire était doux mais sa voix... sa voix était pleine de promesses. « D'ailleurs, tu ne vas pas partir avant que j'ai pu te goûter.»

Mon cerveau privé de sommeil ne comprenait pas de quoi il parlait. Je compris seulement lorsqu'il se retrouva entre mes cuisses, ses mains les éloignant plus en plus l'une de l'autre. Je sentis son souffle chaud passer sur ma peau délicate juste avant qu'il ne mette sa bouche sur mon sexe.

8

Hannah

Quand je me réveillai de nouveau, Cole était assis à mes côtés, une tasse de café fumante dans sa main et un sourire arrogant sur son visage. Il portait un pantalon de survêtement et rien d'autre. La vue était très attrayante. « Bonjour, chérie ».

Je me dépêchai de m'asseoir, renversant presque la tasse qu'il me tendait tandis que je tirais sur le drap pour me couvrir. Je marmonnai des remerciements, mes joues aussi chaudes que le café.

Son sourire s'élargit. « Tu étais terriblement

pressée de sortir d'ici ce matin. Tu fais le service de midi aujourd'hui ?».

Je secouai la tête. « Pas avant le dîner ».

Sa mention de ce qu'il avait fait plus tôt m'empêchait de croiser son regard. Avoir ma chatte léchée à l'aube par un inconnu n'était pas exactement un événement quotidien dans ma vie. En fait, c'était la première fois. Quelque chose me disait que si je laissais cela continuer, je connaîtrais plusieurs orgasmes matinaux.

Cole émit un son désapprobateur et tira délicatement mais fermement le drap de sa main qui ne tenait pas mon café. « Ou est-ce que ton petit esprit coquin vient de partir à l'instant ?».

Je serrai les lèvres. Aucune chance que j'admette que j'étais en train de revivre le souvenir de sa langue sur mon clitoris. C'était censé être l'affaire d'une nuit. Je ne devais pas encourager tout ça, mais il semblait pouvoir lire dans mes pensées. Ses soupçons se confirmèrent lorsqu'il glissa sa main de mon ventre sur ma chatte. Il grognait, et moi aussi, ses yeux rencontrant les miens.

« J'en connais une qui s'est réveillée avec une grande envie de moi, non ? ».

Je me mordis la lèvre. J'aurais pu essayer de nier, mais dans quel but ? Il pouvait sentir a quel point j'étais mouillée et cela n'allait pas en s'arrangeant alors que ses doigts glissaient entre mes lèvres, frottant mon clitoris. Ah putain, qui étais-je en train d'essayer de berner ? Je hochai légèrement la tête dans sa direction, me déplaçant pour pouvoir me redresser sur mes genoux et lui donner un meilleur accès.

Son sourire malin était irritant et sexy à la fois. « Dis-le, chérie ».

« Je suis excitée.» Voilà, c'était sorti.

Il glissa un doigt à l'intérieur et j'arquai mes hanches instinctivement. Avec sa main libre, il me prit la tasse avant que je ne me la renverse dessus. J'entendis seulement qu'il la posait sur la table de nuit puisque mes yeux s'étaient fermés, mes hanches se balançant avec le doux glissement de son doigt.

« Dis-moi ce que tu veux », dit-il, se lèvres proches de mon oreille.

Je ne pouvais pas. Je ne devais pas. C'était censé être terminé. C'était le lendemain d'un coup d'un soir. J'étais déjà en train de ne pas respecter mes propres règles.

Il glissa un second doigt et je haletai. J'allais jouir, à cause de la dextérité avec laquelle il faisait tourner ses doigts. Pourquoi vouloir m'opposer à lui maintenant ?

« Dis-moi », insista-t-il.

. . .

« Je veux te chevaucher. » J'étais sûre que mes joues étaient en feu après avoir sorti une chose aussi cochonne à voix haute, mais son murmure d'approbation effaça toute gêne.

« Gentille fille », murmura-t-il. Attrapant un préservatif sur la table de nuit, il baissa suffisamment son pantalon pour libérer son pénis et déroula rapidement la capote. Puis il me déplaça, m'asseyant sur ses cuisses. Il était assis sur le côté du lit, les pieds sur le sol et j'étais face à lui chevauchant ses hanches... et son pénis. « Tu veux t'asseoir la dessus ? ».

Il me taquinait, le coin de sa bouche forma ce sourire moqueur qui lui était propre. Il me maintint facilement au-dessus de sa queue longue et dure afin que je sois proche mais incapable de le prendre à l'intérieur de moi. Mon intimité se contracta par anticipation.

« Oui », je murmurai. Comme il ne relâchait toujours pas sa prise sur mes hanches, je croisai son regard.

« S'il te plaît ».

« Gentille fille », dit-il encore.« J'adore que tu me dises ce que tu veux ». Il relâcha sa prise et accompagna ma descente, son pénis dur écartant ma chatte comme je le prenais à l'intérieur de moi, remuant mes hanches pour qu'il entre à fond.

Oh mon Dieu, c'était bon. Mais il manquait une chose. « Où est Declan ? ».

« Juste là, ma chérie ». J'entendis sa voix près de la porte. « Je vois que vous avez commencé sans moi ».

Je levai mes hanches et m'abattis sur lui de nouveau, appréciant le sifflement d'approbation de Cole.

Je vis les mains de Declan saisir ma taille par derrière et s'avancer pour entourer mes seins et pincer mes tétons.

Ça. C'était ça que je voulais. Être entourée par mes hommes.

Pas mes hommes, me rappelai-je à moi-même.

« C'est le moment, mon cœur ».

Les mains de Declan s'éloignèrent et il ramassa quelque chose pour me le montrer. Cole s'immobilisa au fond de moi et je sourcillai. C'était un plug anal rose brillant. Je n'en avais jamais vu un en vrai, mais je savais ce que c'était.

« Hum ».

Declan le retira de vision et j'entendis le son familier d'un emballage s'ouvrir.

« Il ne va pas te faire mal », promit Cole, entourant

mon menton de sa main. « Tu as envie de prendre tes deux hommes en même temps un jour, non ? ».

Ma bouche s'ouvrit grand pour leur dire qu'ils n'étaient pas à moi, que c'était juste un coup d'un soir et un coup rapide, en plus, mais je sentis le plus frais et dur contre moi.

« Declan ! » criai-je alors que Cole s'allongeait sur le lit me prenant la main et m'emmenant avec lui, restant toujours bien au fond de moi. Ses mains entourèrent de nouveau mon menton, et il m'embrassa. Ce n'était pas chaste, sa langue tournant avec la mienne alors que ses hanches se soulevaient et s'abaissaient par petits à-coups, maintenant mon désir.

« Seulement mon doigt, mon cœur », murmura Declan, faisant des cercles avec une douceur particulière.

C'était bien son doigt, pas le plug et bien que cela me surprit, c'était agréable. Mon dieu, ça l'était. Des nerfs que je ne savais pas que j'avais furent ramenés à la vie simplement grâce à ce toucher si léger. En voyant le plug, j'avais cru qu'il allait juste l'enfoncer en moi, mais j'avais tort.

Je relevai la tête pour prendre de grandes inspirations. Le sentiment était intense et nouveau et avec Cole en moi, je n'avais jamais eu besoin de jouir si vite avant. Cole me regardait avec attention, une main sur ma hanche, l'autre se déplaçant entre nous pour frotter mon clitoris.

« Oh ! » criai-je. Ils étaient si tendres. Pas de jeux violents, pas de demandes, juste une légère touche, de la cajolerie et de la persuasion. Comment pouvais-je dire non à Declan quand c'était si bon ?

« Comme ça? » demanda Declan, se penchant et murmurant à mon oreille. « Est-ce que tu sais à quel point tu es belle quand tu chevauches la bite de Cole ? Tes tétons son tout durs, et ton clitoris – ».

« Il est tout gonflé et dur, » ajouta Cole. « Elle me serre comme un étau. C'est l'heure de jouir pour tes hommes, chérie ».

« OK », répondis-je, parce que j'allais faire ça de toute façon. Je n'allais pas retenir le meilleur orgasme de ma vie juste parce que Declan touchait mon anus.

Posant mes mains sur le torse de Cole, je cambrai mon dos et jouis dans un cri. Cole continua de jouer avec mon clitoris. Je recommençai a chevaucher son pénis, l'utilisant pour caresser tous les endroits incroyables en moi. Le doigt de Declan pressa plus fermement, puis glissa en moi, m'écartant les fesses. Cela me fit la sensation d'une morsure et mes yeux s'ouvrirent encore plus, et mon visage se tourna vers le plafond. Mes cheveux coulèrent le long de mon dos alors que je jouissais de nouveau. Cole était dans ma chatte, le doigt de Declan dans mon anus, me donnant un avant-goût de ce que ça serait s'ils me prenaient ensemble.

Ils me parlaient au moment où je jouissais, mais je n'avais aucune idée de ce qu'ils disaient. J'étais trop perdue, trop immergée dans le plaisir pour même les entendre. Je savais juste qu'ils étaient là, m'entourant, me protégeant, me gardant en sécurité alors que je me laissais aller.

Je sentis le doigt de Declan me quitter et j'ouvris les yeux : Cole me regarda avec cette petite courbe des lèvres. Quand je réalisai que mes doigts étaient comme des serres griffant ses épaules puissantes, je relâchai ma prise, murmura un rapide, « désolée ».

« Tu peux laisser toutes les marques que tu veux sur moi. Je ne vais pas oublier comment je les ai eues, ça c'est sûr ».

Quelque chose de froid et dur revint sur mes fesses. Cette fois je savais que c'était le plug. « Prête ? » demanda-t-il.

Sa main glissa le long de mon dos et s'arrêta sur mes fesses, me claquant. En regardant par-dessus mon épaule, je rencontrai le regard de Declan. Il attendait que je dise oui, que je lui donne la permission. Il était très malin de m'avoir fait jouir avec son seul doigt, car je ne pouvais pas nier que j'avais aimé qu'il joue avec mes fesses.

Je n'avais jamais autant joui de ma vie quand il m'avait touché comme ça. Je pouvais lui dire non juste parce que c'était un peu horrible d'admettre aimer quelque chose de si sale, mais nous avions dépassé ce stade maintenant. Si beaucoup des femmes de Bridgewater avaient deux maris, faire des trucs dans les fesses n'étaient probablement pas inhabituels. C'était moi, la personne bizarre.

Je hochai la tête et il enfonça soigneusement le plug en moi. Les mains de Cole entourèrent mes seins, me distrayant de la sensation d'étirement, et je tournai la tête en arrière.

« Une fois que le plug sera entièrement entrée, je vais te baiser. Tu as bien mouillé ma queue quand tu as joui et j'ai beaucoup de désir. Dépêche-toi, Declan ».

J'expirai alors qu'il poussait d'avant en arrière. J'avais vu le plug, il n'était pas grand, mais j'avais l'impression qu'il était énorme. Je grimaçai à la légère brûlure, puis je sentis le petit « pop » quand il entra entièrement.

« Gentille fille », dit Cole, puis il me retourna sur le dos et je haletai alors que le plug s'enfonçait encore plus. « Attends, chérie.» C'est à mon tour de t'emmener faire un tour ».

Je faisais comme il disait, enroulant mes jambes autour de sa taille alors qu'il commençait à me baiser. Il n'y avait pas d'autre mot pour ça. Il n'était plus doux, son besoin de venir était puissant. Il était différent de la nuit précédente, le plug rendant si confortable le fait d'avoir mes deux orifices remplis.

L'angle de ses poussées le faisait frotter contre mon clitoris, déjà sensible d'avoir joui. Il n'y avait aucun moyen de ne pas jouir une nouvelle fois, car mes sens étaient surexcités. Submergés. Je l'aspirais en criant son nom, essayant de l'attirer plus profondément encore.

Il ne dura pas longtemps, jouissant en poussant un gémissement fort.

« J'ai hâte que nous puissions te prendre ensemble, ma chérie. Cette attente me tue ».

La voix de Declan me remua et son bras entoura ma taille, me soulevant du sexe de Cole pour se tenir juste devant lui sur le rebord du lit. Je sentis les vêtements de Declan dans mon dos. Cole se redressa et passa ses doigts sur mes seins, puis se leva et alla dans la salle de bain, prenant très probablement soin du préservatif.

« Penche-toi », dit Declan, sa main au centre de

mon dos me poussant en avant, mes mains posées sur le lit.

Je l'ai entendu ouvrir son pantalon, le son d'un emballage de préservatif. Je n'ai pas bougé. « J'aime te voir comme ça. Penchée et attendant mon pénis, la chatte bien préparée par Cole et prête pour moi, le plug dans ton cul »

Bon sang, je n'étais pas gêné par son discours. Non, j'étais excitée et je déplaçais mes hanches parce que j'étais impatiente. « Dépêche-toi », murmurai-je, ayant besoin de lui aussi. J'avais déjà joui deux fois, mais je n'avais pas fini. Je les voulais tous les deux.

Declan se plaça derrière moi et se glissa à l'intérieur. C'était serré à cause du plug, mais j'étais tellement mouillé, et comme il l'avait dit, prête.

Nous avons baisé dur et vite, et il était différent de Cole. Il bougeait avec un abandon sauvage tandis que Cole me prenait avec une précision ciblée. Ils savaient exactement comment me faire jouir, comme s'ils avaient lu un mode d'emploi. Peut-être que c'était à force de regarder et attendre, mais Declan a joui rapidement, mais seulement après qu'il ait utilisé ses doigts sur mon clitoris pour m'exciter à nouveau. Il dit : « Les dames d'abord », avant de me faire crier et de me serrer contre lui alors que je jouissais. Je me suis effondrée sur le lit alors que Cole enlevait le plug, utilisant un gant de toilette chaud sur moi et que Declan entrait dans la salle de bain.

« J'ai faim », dit Cole, donnant une tape joueuse sur mes fesses. « Habille-toi, chérie. J'entends ton estomac gronder ».

Ils quittèrent la pièce et je m'habillai, sans ma culotte, que Declan avait quelque part. Mes muscles étaient du caramel mou et je ne pus m'empêcher de sourire bêtement. J'avais été bien baisée. Pas une fois, pas deux fois, mais bon sang, je ne pouvais pas savoir combien de fois. Et, ce n'était pas seulement du sexe en position de missionnaire. Oh non. Nous étions allés si loin que j'avais le sentiment que nous avions fait des choses illégales dans plusieurs états. J'étais un peu endolorie, mais je m'en fichais. Je n'oublierais pas cette nuit - et ce matin – de sitôt.

Je descendis pour découvrir que Declan avait préparé le petit déjeuner pour nous. Alors que je savais qu'il était temps de retourner dans mon appartement, j'avais faim et je ne voulais pas être une invitée ingrate. Et quel genre d'hommes étaient-ils ? Gentils, attentionnés, très habiles, avec de très grosses bites, et ils cuisinaient ? Il devait forcement y avoir quelque chose qui clochait chez eux.

Alors que je mangeais les œufs brouillés, du bacon et du pain grillé, j'essayai de trouver ce que c'était. Une fois que j'eus terminé et qu'ils m'observaient tous deux avec un sourire satisfait, je me levais. Bien que je n'eus pas envie que cela se termine, ma chatte avait besoin d'une petite pause et je devais passer à autre chose. La nuit et le matin, c'était amusant. Je devais les laisser partir, maintenant, quand c'était encore facile. Enfin, plus facile.

« Euh, eh bien, je devrais probablement retourner dans mon appartement, alors merci pour... ».

Bien sûr, ils ne m'ont pas laissé partir aussi facilement.

Declan me prit par la main. « Merci ? Je ne vais même pas répondre à ça, ma chérie ». Il était silencieux alors que je réalisai que j'étais un peu grossière. Mais c'était une aventure d'une nuit. « Tu n'a pas à être au restaurant jusqu'à plus tard dans la journée, non ? ».

Je hochai la tête. Il était inutile de mentir, ils connaissaient mon emploi du temps aussi bien que moi.

« Il y a quelque chose que je veux te montrer ».

9

C'était l'idée de Declan d'emmener notre femme à la cabane. Et elle était notre femme. La nuit dernière avait fait disparaître tous les doutes que nous aurions pu avoir. J'aurais pu dire que c'était quand j'avais glissé dans sa chaleur mouillée et sentis sa chatte se serrer et se serrer autour de moi, son corps s'adaptant à mes envies, puis à celles de Declan, mais vraiment, elle devint nôtre la seconde ou elle se mit à genoux, nous prenant d'abord en main, puis dans sa bouche.

Non, elle était devenue nôtre à la seconde ou nous l'avions vue pour la première fois.

Hannah était l'âme sœur pour nous, purement et simplement. Je pensai que nous avions fait un très bon travail pour le lui prouver, mais elle était prête à rentrer chez elle au milieu de la nuit. Je pouvais sentir mes lèvres se contracter en un sourire à l'expression de son visage quand j'avais léché sa douce chatte. Nous lui avions montré comment cela se passerait et pourquoi elle devrait rester, nue et entre nous. Mais le fait qu'elle ait essayé de se faufiler hors de notre lit, qu'elle était prête à juste dire merci et à rentrer chez elle, n'était pas bon signe. Clairement, elle pensait encore à nous comme à une aventure et la nuit dernière était une affaire d'une nuit dans son esprit. C'était juste un moment fou. Même après que nous ayons commencé à dresser ses fesses et dit que nous allions la prendre ensemble quand elle serait prête.

Je ne voyais rien de mal à ce qu'une femme s'amuse une nuit au lit. Si elle voulait baiser, sucer et avoir plusieurs orgasmes, tant mieux pour elle. Mais Hannah n'était pas le genre a baiser et s'en aller. Pas avec nous. Pas avec qui que ce soit. Si elle voulait juste une nuit, nous serions ses hommes, mais elle ne voulait pas juste ça. Non, elle voulait tout, derrière ses préoccupations, les règles de la société et d'autres problèmes dont nous n'avions aucune idée. Nous devions juste lui montrer à quel point ça pouvait être bon. Avec nous. Je pensais que nous avions réussi, mais cela ne semblait pas suffisant.

Declan et moi avions du pain sur la planche pour essayer de lui prouver le contraire. Nous savions qu'elle était nerveuse depuis le début - clairement, elle essayait de nous cacher son passé, mais je ne savais pas pourquoi. Declan était le flic. Il était celui qui pouvait le déterrer, avec un ordinateur si besoin. Cela n'allait pas être facile... mais ce serait vraiment amusant.

« Où allons-nous ? » demanda Hannah. Elle était une fois de plus entre nous dans le camion. Nous nous étions arrêtés brièvement dans son appartement afin qu'elle puisse changer de vêtements en sortant de la ville. Même si je l'aimais dans sa robe noire, elle avait besoin de jeans et de chaussures robustes pour l'arrière-pays.

« La famille de Declan a une maison à une heure d'ici environ », lui dis-je. « Puisque tu n'as pas de voiture, tu ne sors pas de la ville pour voir autre chose que les quelques pâtés de maisons de Main Street. Nous avons pensé que ça pourrait être sympa de te montrer ce à quoi le Montana ressemble vraiment ».

Declan me jeta un coup d'œil et un sourire. Je connaissais ce regard. Il était heureux. Moi aussi, putain, nous avions toujours Hannah entre nous et nous avions nos vêtements. Elle n'était pas juste une baise rapide. Non, nous l'aimions peu importe la manière dont nous l'avions.

Nous n'essayions même pas de cacher le fait que nous essayions de lui vendre Bridgewater. Nous étions comme des vendeurs de voitures d'occasion qui essayaient de vendre leurs véhicules. Mais la ville se vendait toute seule, tant qu'on on aimait les petites villes. Les montagnes environnantes ne faisaient pas de mal non plus. Elles étaient le principal attrait pour les gens qui vivaient ici. Surtout à cette époque de l'année où les herbes étaient vertes et les fleurs sauvages recouvraient les prairies. Il y avait tellement de choses à faire et nous voulions tout faire avec Hannah.

« Cara et ses maris seront là », déclara Declan . « Elle m'a envoyé un texto disant qu'ils avaient passé la nuit, donc tu auras des chaperons ». Peut-être qu'il essayait de la mettre à l'aise et qu'elle ne pense pas que nous pourrions l'enlever. Effectivement, elle sembla se détendre un peu dans son siège avec cette information.

« Après la nuit dernière, ne sommes-nous pas un peu en retard pour les chaperons ? » demanda-t-elle, l'amusement déformant sa bouche.

Quand nous arrêtâmes devant la maison austère et

familière - j'avais passé autant de temps que Declan chez les MacDonalds depuis que nous avons grandi ensemble - et l'odeur du grill nous fit nous diriger tous les trois vers le porche arrière qui donnait sur le petit lac.

Le visage de Cara s'éclaira quand elle nous vit. Lorsque Declan et moi sommes allés aider Tyler et Mike au grill, elle vint bondissant et fit un gros câlin à Hannah. Nous les avons regardés parler et rire. J'étais content qu'elle aime Cara. Bon sang, il semblait qu'elle aimait tous ceux qu'elle rencontrait au restaurant. Les seules personnes avec qui elle se débattait étaient nous. Bien sûr, personne d'autre n'avait essayé de la réclamer non plus.

« Elle a l'air d'appartenir à cet endroit », dit Mike en nous tendant chacun une canette de soda. C'était juste avant midi, pas encore l'heure pour les bières. « Merde, elle vous appartient. En se basant sur l'expression sur vos visages, vous avez passé une bonne nuit ensemble ».

« C'est ce que nous pensons aussi », dit Declan, ne faisant aucun commentaire sur la qualité de notre soirée. « Elle est la seule qui ne l'a pas encore compris ».

« Donne-lui du temps », dit Tyler en s'approchant et en me tapant sur l'épaule. « Vous savez qu'il est toujours plus difficile pour les étrangers d'accepter ce mode de vie que pour ceux d'entre nous qui sont nés ici. N'a-t-elle pas juste appris tout ça hier, seulement ? ».

Declan et moi avons hoché la tête et je réalisai que je n'étais pas un homme patient. Quand les femmes nous rejoignirent, je pris Hannah par la main et Declan saisit l'autre. Hannah rougit mais elle n'essaya pas de s'éloigner. C'était petit, mais c'était un début.

Declan la tira vers les marches qui menaient du ponton jusqu'à l'herbe. « Avant que nous déjeunions, je pensais que nous pourrions faire découvrir à Hannah la région ».

Il nous regarda, Hannah et moi, et elle hocha la tête avec ardeur : « ça me plairait.»

Nous partîmes tous les trois vers le sentier qui serpentait autour du lac, mais nous nous arrêtâmes au quai de la cabane. Les MacDonald gardaient des kayaks, mais ils étaient entreposés dans un petit hangar durant l'hiver. L'endroit offrait une vue saisissante sur les sommets des montagnes, presque pourpres sous le soleil, la neige recouvrant les plus hauts d'entre eux.

Hannah s'est arrêtée et s'imprégna du paysage.

« Différent de la Californie ? », demandai-je.

Elle a ri. « Absolument. C'est incroyable. Si paisible ».

Un rapace plongea au-dessus de l'eau et elle le pointa du doigt alors qu'il se dirigeait vers les arbres. « Alors, qu'est-ce que vous faites quand vous venez ici ? », demanda-t-elle.

« Ça dépend », dit Declan, enroulant son bras autour de sa taille, la serrant contre nous alors que nous continuions à regarder. Si nous ne déjeunions pas bientôt, j'aurais apporté des chaises pour m'asseoir et me détendre. « Pendant l'hiver, nous faisons du ski de fond et de balades en raquette ».

Elle s'est tournée vers moi. « Et pendant l'été ? ».

J'ai haussé les épaules. « Tout ce que tu veux. Kayak, pêche, randonnée... ».

« Et du tir » ajouta Declan.

Je le regardai par-dessus la tête d'Hannah, sachant qu'il avait dit ça pour une raison précise.

« Nous tirons sur des cibles dans les bois », a-t-il poursuivi. « Pour nous amuser. Je pourrais te montrer comment tirer si tu le souhaites. J'ai appris à Cole à tirer ».

J'ai levé les yeux au ciel. « Parole de flic ».

Elle pinça les lèvres, puis fronça les sourcils. « Je ne suis pas vraiment une fan des armes à feu ».

J'interrogeai Declan du regard, mais il m'ignora.

Il était trop décontracté et ajouta : « c'est compréhensible. Mais certaines femmes veulent savoir comment se protéger. La plupart des femmes à Bridgewater ont une arme de poing dans leur sac à main. Il haussa les épaules comme si cela ne faisait aucune différence, mais sa façon de faire était claire pour moi. Ce n'était pas un secret que Hannah avait peur de quelque chose... ou peut-être quelqu'un. C'était la façon autoritaire de Declan pour qu'elle se dévoile. Et si elle voulait porter une arme à feu pour ne pas être trop nerveuse, nous serions les premiers à lui apprendre comment l'utiliser.

Ça n'a pas marché. Elle pinça les lèvres, plongée dans ses pensées pendant une seconde, mais secoua la tête. « Merci pour l'offre, mais non ». Elle croisa les bras , et les frotta pour se réchauffer.

Je l'emmenai loin de Declan et la coinçai contre moi. « A mon tour ».

Elle appuya sa tête contre mon épaule, et rit.

« Vous vous êtes rencontrés à la maternelle ? On dirait que vous essayez de toujours tout partager ».

« Certaines choses valent la peine d'être partagées », répondis-je, laissant mes paroles faire leur effet. « Allons, marchons un peu, puis retournons déjeuner ».

Declan laissa tomber ses tentatives pour que Hannah s'ouvre un peu plus, et je lui en étais reconnaissant. Il n'était pas un flic en ce moment et devait se rappeler qu'elle n'était pas en état d'arrestation. J'étais aussi curieux que lui de savoir ce qu'avait fait Hannah dans sa vie avant Bridgewater, mais la pousser trop loin ne nous mènerait nulle part.

Le déjeuner fut simple et amusant. Écoutant Hannah rire avec Cara et ses maris pendant que nous mangions des hamburgers sur le ponton arrière, la regarder aider à débarrasser et parler avec Declan de ses tâches quotidiennes au poste de police... la femme qu'il nous fallait. Pas seulement entre nous au lit. Dans nos vies. Merde, elle correspondait parfaitement à tout ce que nous voulions. Elle avait l'air d'être née pour être ici, avec nous, dans ce petit coin parfait du monde. Si ses rires faciles et ses bavardages rares étaient des choses appréciables, elle était surtout à l'aise ici. Peut-être même comme si elle était chez elle.

L'après-midi prit malheureusement fin – sacrément dommage puisque je savais pertinemment que la chambre principale de la cabine avait un lit king-size qui nous irait très bien tous les trois. Mais Hannah nous avait donnés une nuit et un jour et nous avions promis de la ramener en ville à temps pour son service du soir.

Comme si la décevoir n'était pas assez nul, je ne pouvais pas vraiment risquer la colère de Jessie si Hannah était en retard à cause de nous. Nous fîmes tous les trois nos adieux à Cara et ses maris et nous sommes remontés dans le camion. Hannah n'était pas aussi bavarde sur le chemin du retour en ville, mais elle avait toujours cet air détendu qui était un tel changement par rapport à la personnalité nerveuse à laquelle nous étions habitués.

À peu près à mi-chemin, elle se détendit assez pour se baisser, mettre sa tête sur l'épaule de Declan et s'endormir. Je me déplaçai sur mon siège en me souvenant de tout ce que nous avions fait pour l'épuiser.

10

OLE

Cela faisait seulement quelques heures que nous avions laissé Hannah à son appartement pour qu'elle puisse se préparer pour son service, mais j'avais déjà hâte de la voir. Elle était comme une drogue, addictive. J'avais besoin de ma dose. Je garai mon camion à côté du SUV de Declan dans le petit parking du restaurant - il était évident que nous dînerions ici.

Je l'aperçus au moment où j'entrai. Elle se tenait à l'arrière d'une table, déposant les repas de M. et Mme Hardy. M. Hardy avait été ami avec mon père dans le temps. L'homme plus âgé tenait toujours son ranch, bien que sa fille l'aidait désormais et prendrait sa suite, lorsque son père prendrait sa retraite. Declan était assis au comptoir et je me glissai sur le siège à côté de lui. Nous avons regardé tous les deux Hannah revenir avec quelques assiettes sales, les mettre dans une bassine en plastique. Se retournant, elle remarqua qu'il n'y avait presque plus de café et sortit le sachet pour remplir la machine. « Comment va notre fille ? ».

Declan me jeta un coup d'œil avec un sourire de loup. « Elle prétend qu'il ne s'est rien passé au cours des dernières vingt-quatre heures ».

« Huh ». Ma réponse était quelque part entre un rire et un soupir. Je ne pouvais pas dire que j'étais surpris. Nous savions depuis le début qu'elle résisterait à l'idée de quelque chose qui soit plus qu'un coup d'un soir, mais maintenant que nous savions sans aucun doute qu'elle était celle qu'il nous fallait, j'étais un peu déçu. La nuit dernière, et merde, même ce matin et les moments avec Cara et ses maris, avaient été incroyables. Il y avait un lien qui allait bien au-delà de l'alchimie. Je le savais. Declan le savait. Hannah le savait aussi, mais elle refusait de l'admettre.

Elle n'avait pas remarqué mon arrivée et juste au moment où j'allais dire bonjour, des assiettes s'écrasèrent sur le sol à l'arrière du restaurant.

« A l'aide, il étouffe », cria Mme Hardy.

Toutes les personnes dans le restaurant se précipitèrent, Declan et moi inclus. Même s'il n'était pas de service, il avait sa radio. Je l'entendis appeler une ambulance alors que nous atteignions la banquette à l'arrière où M. Hardy se tenait et serrait sa gorge, son visage prenant une nuance horrible de pourpre. La panique se voyait dans ses yeux et il respirait frénétiquement, mais pas un son ne s'échappa. Sam Kane était déjà derrière lui, ses mains serrées autour du buste de l'homme âgé, tirant fort en arrière comme la manœuvre Heimlich l'exigeait. Sam était fort et même ses mouvements ne délogeaient pas l'obstruction. Tout à coup le vieil homme s'évanouit, s'effondrant dans les bras de Sam. Il allongea l'homme au sol, mais nous restâmes là, ne sachant pas quoi faire.

Merde, je ne m'étais jamais sentie plus inutile de toute ma vie et j'étais sûr que tout le monde ressentait la même chose. Je passai ma main sur mes cheveux alors que je regardais un ami de la famille en difficulté. Il n'y avait rien que nous puissions faire jusqu'à l'arrivée de l'ambulance sauf prier pour qu'il ne soit pas trop tard. Je connaissais tous les gestes de premiers soins, et si les voies respiratoires n'étaient pas ouvertes, il n'y avait aucun moyen de le sauver.

Mme Hardy avait ses doigts sur ses lèvres. Elle ne pleurait pas, mais elle semblait trop abasourdie pour faire autre chose que regarder.

« Poussez-vous ». Je reconnus à peine la voix d'Hannah alors qu'elle me poussait sur le côté et se frayait un chemin à travers la foule des clients qui se tenaient autour de la scène.

Je tendis la main par réflexe pour la tenir à l'écart de la mêlée. « Hannah, qu'est-ce que tu… ».

Elle me lança un regard noir en me secouant. « Laisse-moi passer. Je peux l'aider ».

C'était un choc qui fit retomber ma main de son bras. Je reconnus à peine la femme devant moi. Finie la serveuse nerveuse. A sa place se tenait une femme avec tellement de confiance, je jure devant Dieu, qu'elle en était devenue plus grande. Elle était la quintessence du calme alors qu'elle continuait à se diriger vers l'homme, écartant vivement les gens hors de son chemin comme si elle avait été videur, dans une vie antérieure.

Elle ordonna à Sam de s'écarter et tomba à genoux directement à côté de la tête de l'homme inconscient. Elle plaça quelque chose sur la poitrine de l'homme immobile. Une paille… et un couteau. Un petit couteau à éplucher pointu, utilisé pour couper les fruits.

Que se passait-il ?

C'était suffisant pour me faire sortir de ma stupeur glacée et je suivis le chemin d'Hannah à travers les clients jusqu'à Mr Hardy, Declan juste derrière moi. Quand nous l'atteignîmes, elle plaça ses doigts sur sa carotide, puis les glissa pour sentir sa gorge près de la pomme d'Adam.

« Hannah », déclara Declan. Si elle l'entendit, il n'en montra aucun signe. Son expression était concentrée sur sa tâche, ses lèvres une mince ligne.

Apparemment, elle avait trouvé ce qu'elle cherchait. Gardant un doigt sur sa gorge, elle tendit la main vers le couteau. Je m'avançai, prêt à attraper son bras si besoin était. « Hannah, qu'est-ce que tu fais ? ».

Quand elle leva les yeux, elle était calme, plus calme que n'importe qui d'autre dans le restaurant. Son regard rencontra le mien. « Je sauve la vie de cet homme. Si tu ne veux pas qu'il meure, recule ».

Elle était sérieuse. Je me suis retrouvé à reculer quand ses mots atteignirent mon cerveau. J'ai regardé Declan et j'ai vu le même choc sur son visage, mais il n'a pas essayé de l'arrêter. Nous avons regardé sans rien dire alors qu'elle enfonçait lentement, mais avec confiance, le couteau dans son cou, pour y découper une fente.

Elle ne semblait pas remarquer les halètements et les petits cris d'horreur de ceux qui étaient regroupés autour d'elle. Calmement et avec des mains fermes, elle utilisa un doigt pour ouvrir la blessure, attrapa la canule et l'inséra dans le petit trou.

Se penchant, elle respira dans la canule, et l'effet fut immédiat. Grâce à sa chemise à carreaux, je pouvais voir sa poitrine se lever, juste un peu, assez pour prouver que l'air pénétrait dans ses poumons. Hannah plaça des doigts ensanglantés sur son cou, sentit un pouls. Il devait en avoir un parce qu'elle ne fit pas de massage cardiaque.

Les infirmiers se précipitèrent dans le restaurant avec une civière tandis que cette fichue clochette sur la porte d'entrée tintinnabulait sauvagement, brisant le silence tendu qui s'était abattu sur la foule alors qu'elle regardait la nouvelle serveuse sauver la vie d'un homme.

« Très bien, tout le monde », dit Declan, de sa voix rauque. « Laissez-les passer. Dépêchez-vous, s'il vous plaît ».

La foule recula, laissant les infirmiers se rendre auprès de M. Hardy. En le voyant souffler à travers la paille, l'un d'eux sortit un morceau de tuyau flexible de leur sac. Hannah se laissa glisser sur ses genoux pour permettre à la femme d'échanger la paille pour une autre plus robuste alors que l'autre ambulancier accrochait l'oxygène et commençait à utiliser le sac de compression pour lui donner l'air dont il avait besoin. J'écoutais alors que Hannah faisait son rapport aux infirmiers. Elle n'avait pas l'air d'une débutante. Merde, elle n'avait même pas l'air d'une infirmière. Elle avait l'air d'un docteur. Elle agissait comme tel en tout cas.

Declan et Sam aidèrent M. Hardy à se lever sur la civière alors que l'ambulancier le prenait dans ses bras. Ils ne s'attardèrent pas, le faisant rapidement sortir du restaurant, une stoïque Mme Hardy avec eux, mais mes yeux ne quittèrent pas Hannah alors qu'elle se tenait debout et les regardait partir. Declan partit avec les infirmiers, trop occupé maintenant en mode flic pour comprendre ce qui se passait avec notre femme.

Après qu'ils soient partis et que les clients aient commencé à retourner à leurs tables, Hannah se pencha pour récupérer le couteau et commença à nettoyer le sang au sol avec un chiffon que Jessie lui avait donné. Ses doigts étaient tachés aussi.

Voyant cet autre côté de Hannah, je restai perturbé. Elle était soit une infirmière, soit une putain de médecin. Pas moyen qu'une personne moyenne sache comment faire ce qu'elle venait de faire. Elle avait dit qu'elle était allée à Stanford, mais rien de plus. De toute évidence, il y en avait beaucoup plus.

Je ne savais pas quoi en faire, juste qu'elle nous avait caché cette partie d'elle. Une très grande partie. Pourquoi ferait-elle ça ? Qu'avait-elle fait pour avoir envie de garder le secret ? Quel était son plan ? Elle avait menti, ou du moins avait menti par omission et je ne pouvais pas supporter ça. Juste comme Courtney, ma chienne de belle-mère, cette femme avait fait semblant depuis le début, faisant semblant d'être quelque chose qu'elle n'était pas.

Elle nous avait pris pour des imbéciles.

Je l'ai rejoins au sol sur le sol, ma main sur son bras, la prise ferme. Elle baissa les yeux vers l'endroit où je l'avais touchée puis recula, les yeux écarquillés de surprise. Je n'aurais pas pu retenir la colère de ma voix si j'avais essayé. « Tu n'es pas une serveuse », dis-je. « Alors, qui diable es-tu ? ».

Elle se recula brusquement, se levant rapidement, le couteau sanglant dans une main, le chiffon taché de rouge dans l'autre. Je me levai aussi, et elle s'éloigna si vite de moi qu'elle heurta une table vide, éparpillant les couverts. « Je, je suis Hannah Lauren ».

Ses yeux étaient grand ouverts et légèrement suppliants, comme si elle s éviter de répondre aux questions en jouant la demoiselle en détresse. Elle avait peut-être sauvé la vie de l'homme, mais elle avait foiré. Elle s'était trahie. J'avais connu des femmes comme Hannah - belles et trop intelligentes pour leur propre bien. Clairement, elle avait un plan : elle jouait à un jeu avec nous. Pourquoi garderait-elle tant de secrets et nous mentait-elle sur son passé ? « Qu'est-ce que tu fais ? Qu'attends-tu de nous ? ».

Mes pires craintes menaçaient de me consumer. C'était exactement ce que j'avais essayé d'éviter depuis que mon père avait été pris pour un con par ma belle-mère. J'aurais dû le voir arriver. Hannah semblait trop belle pour être vraie - douce, intelligente, magnifique. Bien sûr, elle préparait quelque chose.

Une nouvelle pensée me traversa, me mettant dans une rage noire. Peut-être qu'elle nous avait baratiné tout le long. Elle pourrait être une vagabonde, qu'en savait-on. Merde, elle aurait pu nous baiser juste pour mettre la main sur notre argent. Sur mon ranch. « C'est pour ça que tu as couché avec nous hier soir ? Tu pensais que tu pouvais en tirer quelque chose ? Tu me baises et je te donne ce que tu veux ?».

Ses yeux s'élargirent et elle essuya ses mains encore sanglantes sur son tablier blanc, laissant des traînées rouges dans son sillage. « Je ne veux rien ».

Menteuse. Elle avait évité la vérité dès le début, alors comment diable pourrais-je faire confiance à sa parole maintenant ? Je me rapprochai et je me penchai pour qu'elle me regarde dans les yeux. Je vis la lueur de peur dans son regard vert. « Je ne peux pas tolérer les menteurs, Hannah. Je ne sais pas ce que tu fais ou pourquoi tu es vraiment à Bridgewater, mais tu ne vas pas t'en sortir comme ça, quel que soit ton jeu ».

11

Hannah

Je n'avais pas de nouvelles de Declan ou Cole dans les vingt-quatre heures qui suivirent l'urgence. Ce qui aurait dû être un grand moment - quelqu'un avait appelé Jessie et lui avait fait savoir que l'homme allait bien - s'était rapidement transformé en quelque chose de terrible. J'étais contente d'avoir sauvé la vie de l'homme, bien sûr, et pendant ce moment-là, il avait été agréable de ressentir à nouveau cette poussée d'adrénaline, le fait de savoir que j'étais dans une position idéale pour aider quelqu'un. C'est ce que j'avais été formée à faire, aider les gens. Mais cet éphémère sentiment d'euphorie s'était effondré après ma rencontre avec Cole.

Je ne m'attendais pas à sa réaction violente, mais, en même temps, je ne pouvais pas entièrement le blâmer. Lui et Declan avaient été directs avec moi dès le début. Honnêtes. Ils m'avaient clairement fait savoir qu'ils me voulaient, et pas seulement pour une nuit. Ils avaient voulu que je sois la seule. Leur femme.

J'avais compris, connu la profondeur de leurs intentions, mais j'avais tout de même supposé que c'était juste une partie de jambes en l'air. Une bagatelle rapide et sexy avec deux cow-boys. Ou, pour eux, une nuit folle avec la nouvelle serveuse. Rien de plus. Mais Cole s'était mis en colère. Non, il était furieux. S'il voulait juste une baise rapide et rien de plus, il ne s'en serait pas soucié, ne me détesterait pas autant maintenant.

Et si je ne tenais pas à eux deux bien plus que je ne l'avais jamais imaginée, je ne serais pas si fâchée. Je l'avais blessé. Pas intentionnellement, mais je l'avais fait. Il me croyait manipulatrice ou profiteuse. Ou pire. J'avais gâché quelque chose de vraiment bien à cause de Brad.

Foutu Brad !

Ma poitrine me faisait mal et je retenais des larmes amères. Je voulais dire la vérité à Cole hier, mais comment pourrais-je ? Si la rumeur se propageait que j'étais ici et que Brad me trouvait... ce ne serait pas seulement moi qui serais en danger. Il s'attaquerait aussi à Declan et Cole. Jessie, même.

J'essuyai une table vide de mes mains tremblantes. L'injustice de tout cela me donnait envie de crier, mais je devais contrôler mes émotions. J'étais déjà l'objet d'un examen minutieux, avec cette trachéotomie impromptue. Jessie me lançait des regards bizarres depuis, sans parler des regards égarés de mes clients.

Les rumeurs se répandaient rapidement à Bridgewater, et une opération de fortune sur le sol du restaurant préféré de la ville ? J'étais sûre que la nouvelle de ce qui s'était passé s'était répandue dans toute la ville avant que l'ambulance ne quitte les lieux.

J'avais à peine dormi, revivant toute la scène. La nuit sauvage, le lendemain matin, le pique-nique, la trachéo, le regard dur sur le visage de Cole. Même dans ma chambre noire les yeux fermés, j'ai tout vu, clairement. J'ai entendu ses mots durs.

« *C'est pour ça que tu as couché avec nous hier soir ? Tu pensais que tu pouvais en tirer quelque chose ? Chevauche ma bite et laisse-moi te donner tout ce que tu veux ?* »

Épuisée, j'essayai de garder le sourire pendant le rush du déjeuner, mais cela devint de plus en plus difficile au fil des heures. Il devint de plus en plus clair que Declan et Cole ne viendraient pas, ne souriraient pas et ne flirteraient pas avec moi. Ils ne m'inviteraient plus à sortir avec eux. Je redoutai de revoir Cole... mais j'avais hâte de le voir en même temps, de le voir me faire un clin d'œil et me lancer ce sourire ironique.

Non, je ne reverrais pas ça. Il avait été tellement en colère - et tellement sûr que j'avais des arrière-pensées. Je me sentais malade juste de savoir qu'il pensait que j'avais couché avec eux par jeu. Est-ce que Declan pensait cela aussi ? Je n'avais aucun moyen de le savoir et bien que je veuille vraiment tout expliquer, je ne pouvais pas. Je devais les garder en sécurité. Mes mains étaient liées.

Je m'attardai sur la table, frottant encore la surface bien après qu'elle fut propre. Je ne pouvais pas me résoudre à affronter les autres clients avant d'avoir maîtrisé mes émotions. Je n'aurais pas dû être si fâchée de perdre l'affection de deux hommes que je connaissais à peine. C'était censé avoir été un coup d'une nuit, après tout.

Sauf que ça n'avait pas été le cas. Oh, je pouvais me dire que c'était juste pour m'amuser - pour la nouveauté - mais je me mentirais à moi-même. Parce que j'avais appris à apprécier ces gars-là. Plus qu'apprécier, si j'étais totalement honnête. Il y avait eu un lien entre nous trois depuis le début et dormir avec eux l'avait rendu beaucoup plus réel. Cela avait solidifié ce que je ressentais déjà. Que ce que nous avions était plus qu'une aventure... ou du moins, j'avais commencé à espérer que c'était plus que ça.

Ces deux hommes avaient été plus gentils avec moi que tous ceux que j'avais connus auparavant. La façon dont ils me regardaient, avec laquelle ils se souciaient de moi... c'était tellement différent de ma relation avec Brad, c'était sans comparaison. Cela aurait pu être l'histoire de ma vie.

Mais, maintenant j'avais perdu leur confiance. De toute évidence, le lien que nous avions, quel qu'il soit, était brisé. Peut-être que c'était mieux comme ça. Je devais me concentrer pour me cacher de Brad - c'était tout ce qui comptait. Une fois qu'il serait sorti de ma vie pour de bon et que je saurais avec certitude que j'étais en sécurité, que tout le monde autour de moi le serait aussi, alors je pourrais me concentrer sur la recherche d'une nouvelle relation. Mais en attendant, je ne pouvais pas entraîner quelqu'un d'autre dans mon sillage. Personne ne le méritait, et encore moins Cole et Declan.

« Ma fille, si tu frottes plus fort, tu vas abîmer le vernis ». Jessie rit comme elle parlait et je me retournai pour lui donner ma meilleure imitation d'un sourire.

« Désolée, je suppose que j'étais un peu distraite ».

Le sourire de Jessie était compréhensif, comme si elle avait une idée de ce que je traversais. Elle tapota l'un des tabourets de bar devant le comptoir en passant derrière pour réapprovisionner les paquets de sucre pour les clients du service du soir. « Assieds-toi. Ton service est presque terminé et tu as l'air épuisée ».

Je ne pouvais pas discuter sur ce point. Je voulais jeter les couvertures sur ma tête et dormir pendant une semaine, mais je savais que les problèmes s'attarderaient.

« Ce que tu as fait hier... ». Jessie secoua la tête et plaça un verre d'eau devant moi. « C'était incroyable ».

Je baissai les yeux sur le verre, incapable de la regarder dans les yeux. Elle ne m'avait pas carrément demandée comment je savais faire une trachéotomie à l'improviste, mais la question était implicite et je savais qu'elle mourait d'envie de savoir. C'était ce qui était amusant dans cette ville - alors qu'ils vivaient pour les ragots, ils respectaient toujours la vie privée d'une personne. Mais je supposai que je devais lui donner quelque chose. Après tout, elle avait cru en moi pour le travail et l'appartement. Elle s'était portée garante de Cole et de Declan. Toujours en regardant le verre d'eau, je marmonnai : « j'ai suivi une formation médicale ».

Elle eut un petit rire. « Ouais, c'est ce que je me

suis dit. Ce que je ne comprends pas c'est ce que tu fais ici à bosser comme serveuse si tu as une formation en médecine ».

Encore une fois, ce n'était pas une question, donc je n'étais pas obligée de répondre. Expliquer cela signifierait tout lui dire et c'était trop dangereux.

Après un bref silence, Jessie sembla accepter que je n'offre aucune explication de sitôt. Du coup, elle changea de sujet. « Tu sais que Robert Murphy a l'intention de prendre sa retraite bientôt ».

Je levai les yeux vers elle, ses mains alignant habilement les petits paquets blancs puis les enfonçant dans un plateau en plastique. « Qui est Robert Murphy ? ».

« Le médecin de la ville ». Elle fit un travail terrible pour feindre l'innocence en remettant la boîte de sachets de sucre sous le comptoir. « Il vient de mentionner qu'il cherche de l'aide à temps partiel à son cabinet jusqu'à ce qu'il trouve un remplaçant ».

Bridgewater avait besoin d'un nouveau médecin ?

« Oh vraiment ? J'essayai de ne pas sembler trop intéressée, mais mon esprit pensait déjà aux possibilités. Et si je reprenais mon boulot ? Je pourrais avoir ma carrière de rêve et rester à Bridgewater avec Cole et Declan. En supposant qu'ils voulaient toujours de moi. Non, ils ne voulaient pas de moi. Ils n'étaient pas au restaurant, n'est-ce pas ? C'était fini. C'était une aventure, juste comme je le voulais. Une partie de mon excitation s'évanouit à cette pensée.

« Robert a mentionné que tu pourrais correspondre à ce qu'il recherche », continua Jessie, vérifiant les salières sur le comptoir, en saisissant celles qui devaient être remplies.

J'ai levé les yeux de surprise. « Il a dit ça ? C'était quand ? ».

Jessie sourit. « Au petit déjeuner. Il vient la plupart du temps pour son omelette. Tu ne l'as jamais rencontré parce que ce n'est pas ton service ».

Je ne pus m'empêcher de rire. « Je savais que les rumeurs se répandaient rapidement ici, mais je n'arrive pas à croire qu'un homme que je n'ai jamais rencontré en ait entendu parler en moins d'un jour et souhaite m'embaucher ».

Ses yeux s'élargirent. « Entendu parler ? De ce que tu as fait ? Jeune fille, tu n'as pas vu ? ».

Je fronçais les sourcils. « Vu quoi ? ».

Jessie se pencha pour prendre quelque chose sous le comptoir. « Je pensais que tu l'avais vu sinon je te l'aurais montré tout de suite. Je ne peux pas croire que personne ne te l'ait dit avant ».

« Suis-je censée savoir de quoi tu parles ? ».

Jessie se redressa et brandit un journal en

triomphe. Son sourire s'élargit alors qu'elle le tendait. « Regarde. Tu es célèbre ».

Mon estomac s'alourdit avant même que je vis le journal. Je pouvais entendre le sang qui bourdonnait dans mes oreilles alors que je prenais le journal avec des doigts engourdis, mais je savais ce qui allait arriver. Pourtant, voir la première page de mes propres yeux fut tout de même un choc.

Une serveuse locale sauve un homme qui s'étouffe.

Je fis une analyse rapide de l'article et vis mon nom, Hannah Lauren. Cela ne pouvait pas arriver. Si Brad me cherchait, et j'étais sûre qu'il me cherchait, cela attirerait son attention. Il cherchait Hannah Lauren Winters et si Hannah Lauren apparaissait dans l'une de ses recherches - sans parler d'une Hannah Lauren qui pouvait sauver des gens - il le verrait. Il saurait.

Oh mon Dieu, ça ne pouvait pas arriver. Pas après tout ce que j'avais fait pour m'échapper et recommencer. Et pourquoi n'ai-je pas changé mon nom ? J'avais été si stupide ! J'étais restée sous le radar jusqu'à présent. Pas de cartes de crédit, pas de guichets automatiques. Je n'avais rien fait qui aurait pu me faire apparaître dans une recherche un peu poussée. Un article de journal et ma tentative minable de me cacher était réduite à néant. J'étais assez intelligente pour être docteur, j'aurais dû être assez intelligente pour éviter un ex dangereux.

Si j'étais intelligente en théorie, Brad était intelligent en pratique et c'était dangereux. Vraiment dangereux. Il allait me trouver. J'étouffai un sanglot et plaquai ma main sur ma bouche pour le retenir.

« Hannah ? », dit Jessie. « Hannah, chérie, ça va ? ».

Je ne pouvais pas me résoudre à répondre. Si j'essayai de parler, je commencerais à pleurer. Et une fois que j'avais commencé, je ne pourrais jamais m'arrêter. C'était fini. Cette nouvelle vie que j'avais construite pour moi-même - une vie nouvelle qui incluait deux hommes qui comptaient pour moi- il était temps d'y renoncer. Le temps était venu de recommencer. Je devais partir. Je ne pouvais pas rester ici à Bridgewater où Brad me retrouverait.

« Je vais bien. Désolée, je suis fatiguée ». C'était difficile de faire semblant de sourire, mais je le fis. Je me levais. « Si tu n'as plus besoin de moi, je vais faire une sieste ».

« Bien sûr, chérie », répondit-elle.

Je sortis par la porte sur le côté du bâtiment, en prenant les escaliers pour atteindre mon appartement. Je n'avais pas emporté beaucoup d'affaires quand j'avais fui la Californie, mais j'aurais besoin de toutes mes affaires, peu importe où j'allais. A l'est, peut-être. Ou au sud, où il ferait plus chaud à l'automne. Je ne pouvais pas dire au revoir à Jessie, à qui que ce soit. J'ai pensé à Declan et Cole. Peut-être que c'était pour le mieux qu'ils aient abandonné l'idée que j'étais censée être avec eux. Surtout que je n'allais pas dire au revoir. Leurs soupçons seraient confirmés, je n'avais voulu qu'une baise rapide. Hannah, aime-les et laisse-les. Ouais, c'était moi. En tout cas, c'était moi maintenant.

12

Ma tête me faisait mal, mais ça n'empêchait pas Declan de m'engueuler. J'avais été tellement énervé après avoir quitté Hannah la veille, que j'étais rentré à la maison et avais achevé une bouteille de whisky, quelque chose que je n'avais pas fait depuis l'université. Maintenant, j'en payais les conséquences, pas seulement de la boisson, mais de la façon dont j'avais engueulé Hannah.

Declan avait été retenu à l'hôpital de Bozeman et avait ensuite travaillé. Ce n'est que ce matin que j'avais eu l'occasion de lui dire ce qui s'était passé. Nous étions censés aller voir Hannah au déjeuner comme d'habitude mais nous avions commencé à discuter pour ne plus nous arrêter.

Inutile de dire que Declan n'était pas ravi de mon comportement moins que tolérant. Non, il était furieux, en fait.

« Je ne peux pas croire que tu lui aies dit que c'était fini avec elle sans lui donner une chance de s'expliquer ».

Je grimaçai en l'entendant tourner les choses comme ça. Mes intestins se retournèrent et ce n'était pas à cause du whisky.

« Je n'ai pas exactement dit que nous en avions fini avec elle ».

Son soupir était rempli de dégoût. « Tu aurais tout aussi bien pu ». Il claqua sa paume contre le mur et je grimaçai, ma tête prête à tomber de mes épaules. Je me dirigeai vers le placard pour pendre de l'aspirine, en enfournai quelques cachets dans ma bouche et mis ma tête sous le robinet de la cuisine pour les avaler.

« Merde, Cole, nous sommes supposés convaincre cette femme qu'elle peut compter sur nous. Qu'elle peut avoir confiance... ».

« *Elle* peut avoir confiance. Et *nous* ? Au lieu de m'engueuler, peut-être devrions-nous être plus soucieux de savoir si on peut lui faire confiance ».

Le regard qu'il me lança était presque empli de pitié. « Je sais que tu as des problèmes de confiance avec les femmes ».

J'eus un petit rire sans humour, je passai ma main sur mon visage, je sentis mes poils de barbe. Les « problèmes de confiance » était une manière bien faible de dire les choses. « Est ce que tu peux m'en vouloir ? ».

Il secoua la tête. « Bien sûr que non ».

Je savais qu'il disait la vérité. Il avait été là pendant le pire. En tant que meilleur ami, il était là quand mon père avait rencontré Courtney pour la première fois et l'avait faite entrer dans nos vies. Il avait vu de ses propres yeux à quel point elle pouvait être mauvaise et manipulatrice. Pire, il avait regardé mon père tomber amoureux. Il avait été idiot, et il avait fini par payer ça de sa vie. « Je ne vais pas répéter les erreurs de mon père ».

Declan acquiesça. « Je comprends ça, Cole. Mais il y a méfiance et folie. Hannah n'est pas Courtney. Merde, elle n'est en rien comme elle ».

J'ouvris la bouche pour protester mais il leva la main pour me faire taire. « Penses-tu vraiment qu'elle est venue ici, à Bridgewater, parce qu'elle cherchait des gars à escroquer ? ».

Croisant mes bras sur ma poitrine, je fixai mon meilleur ami. S'il présentait les choses comme ça...

« Et si elle était là pour arnaquer les gens, pourquoi sauver un homme qui s'étrangle avec une trachéotomie sur le sol du restaurant ? ». Sa voix s'éleva avec la frustration.

« Peut-être que tu as raison », dis-je, à contrecœur. Ma bouche était sèche. Je me dirigeai vers frigo, pris la bouteille de jus d'orange et en avalai un peu. Je n'étais pas énervé contre lui. J'étais énervé contre moi-même. J'essuyais mes lèvres d'une main. « Mais elle cache tout de même quelque chose ».

Declan laissa échapper un soupir fatigué, tomba sur l'une des chaises de cuisine, étira ses jambes. « Bien sûr, elle cache quelque chose. Nous le savions depuis le début. Elle était nerveuse, nerveuse avec nous, et pas parce que nous la voulons tous les deux. À ce stade, tout ce que nous savons à coup sûr, c'est qu'elle cache une formation médicale - pas vraiment la preuve accablante qu'elle est une sorte de profiteuse comme ta belle-mère ».

« Très bien, elle est ambulancière ou médecin. Infirmière, même. Elle ne viendrait pas ici simplement pour cacher le fait qu'elle s'y connaît en médecine. Qu'est-ce qu'elle cache vraiment ? ».

La culpabilité me harcelait alors que ses mots résonnaient en moi. Au fond, j'en arrivais à la même conclusion, mais parfois, ma haine pour Courtney avait une façon d'obscurcir mon jugement. Même si elle vivait en Floride avec l'argent de mon père, elle continuait à me hanter. Mais cette fois, c'était ma faute, parce que je n'avais pas oublié ses saloperies. J'avais un sentiment de malaise... comme si j'avais fait une erreur horrible. Et e n'était pas à cause du whisky.

« Je ne sais pas pourquoi, mais quelque chose me dit qu'elle a peur ». Declan secoua la tête. « N'as-tu pas remarqué la façon dont elle a refusé notre contact quand tu l'as rencontrée ? Ou la peur dans ses yeux quand elle est arrivée ? ».

J'avais remarqué. Nous avions tous les deux remarqué. Nous en avions même parlé. Mais j'avais oublié tout cela la veille, avec ma colère d'avoir été pris pour un imbécile. Maintenant, je réalisais que ce n'était pas le cas. J'étais juste un imbécile.

Merde. Je devais des excuses à Hannah. J'espérais juste que je n'étais pas trop tard.

Mon téléphone interrompit notre conversation. Je l'attrapai sur la table basse. « Jessie ? Moins vite, que se passe-t-il ? ».

Declan entra dans la pièce, se pencha pour essayer d'entendre ce qu'elle disait.

Elle me dit de venir au restaurant – me disant que je devais parler à Hannah, peu importe ce que cela voulait dire. J'ai raccroché et je racontais à Declan notre conversation tandis que j'attrapais mes clés du camion et me dirigeai vers la porte. Quand je réalisai que je n'avais pas de chaussures, je poussai un jurai et allai les prendre.

« Tu veux que je vienne avec toi ? ».

Je secouai la tête, retombai sur le banc dans l'entrée, et m'attaquai à ma première botte. « Je dois m'excuser moi-même. C'est probablement la façon de Jessie de me faire faire les choses ».

Il rit. « Très bien, alors je vais me diriger vers la gare. Si Hannah a besoin de nous, fais-le moi savoir ».

Je promis de le faire et nous sommes partis tous les deux. Jessie avait été si vague, j'étais à moitié convaincu que c'était juste sa façon de s'immiscer dans l'histoire. Mais si par hasard elle n'exagérait pas, et Hannah était vraiment mal ? J'appuyai sur l'accélérateur et mis plein gaz.

Quand j'arrivai au restaurant, il était presque vide. Les clients de midi étaient partis et il était trop tôt pour dîner.

Jessie croisa mon regard derrière le comptoir où

elle servait du café à un client, puis pointa vers le plafond. Me retournant, je sortis et fis le tour du bâtiment. Je gravis les marches de l'appartement de Hannah quatre à quatre. Ma cœur battait encore, mais je survivrais. Avant que je puisse frapper, la porte s'ouvrit.

Elle s'arrêta, les yeux grands ouverts de peur à ma vue. Elle portait une paire de jeans et un simple t-shirt blanc, des baskets. Elle avait un petit sac à la main, comme si elle partait. Loin.

«Hannah.» Alors que je parlais, je tendis la main pour lui toucher le bras mais elle haleta et tressaillit, retournant presque dans le salon de l'appartement alors qu'elle se dépêchait de s'éloigner de moi.

Ah merde. La peur dans ses yeux était indubitable. Je levais mes mains, les paumes vers l'avant comme si j'étais en état d'arrestation. « Doucement, chérie, c'est juste moi ».

Une partie de la tension disparut, mais la méfiance demeurait et ça me tuait. La culpabilité me rongeait. J'avais été un tel connard. Elle n'était pas là pour nous utiliser ou essayer de nous arnaquer. J'avais laissé mes problèmes avec cette garce de belle-mère obscurcir mon jugement et presque perdu l'amour de ma vie.

Declan avait eu raison - cette femme avait peur. Et elle s'enfuyait.

Elle laissa tomber son sac sur le sol avec un bruit sourd, se détourna de moi. Je la suivis et fermai la porte derrière moi, mais en prenant soin de lui laisser un peu de distance. « Hannah, je suis désolé. Je ne voulais pas être si grossier avec toi hier. Je suis arrivé aux mauvaises conclusions et je m'excuse ».

Elle me regarda par-dessus son épaule, cligna des yeux plusieurs fois et son regard a commencé à se concentrer sur moi. C'était un bon signe, au moins. Je ne pouvais pas croire que cette femme indépendante et fière ait l'air si effrayée. Quelqu'un était à sa poursuite. Je le savais maintenant. Putain je pouvais le voir pleinement.

Celui qui lui avait fait ça allait le payer très cher. Mais à partir de maintenant, nous devions d'abord aider notre femme.

Je tendis la main lentement pour prendre la sienne et elle me laissa faire. Me laissa la retourner vers moi. « Il y a quelque quelque chose que tu dois savoir, chérie. Je peux être un connard parfois et Dieu sait que j'ai un tempérament de merde. Toi, moi et Declan... nous aurons notre juste part d'engueulades, mais aucun d'entre nous ne lèvera jamais la main sur toi ».

Elle resta silencieuse si longtemps que je pensais qu'elle ne répondrait jamais. Quand elle le fit, sa voix était douce et gentille. « Alors tu penses toujours qu'il y aura un «toi, moi et Declan ? ».

Je lui souris et elle me lança un sourire tremblotant. « Darling, tu ne peux pas te débarrasser de nous aussi facilement. Nous ne sommes loin de t'abandonner. Si tu pars, nous partons avec toi. Je me penchai et lui donnai un doux baiser. « Tu es la seule qui compte pour nous, aucun doute à ce sujet ».

Elle soupira et le reste de la tension s'évanouit. Je la pris dans mes bras et elle posa sa tête sur ma poitrine. « Mais tu dois nous dire ce qui se passe. C'est la seule façon dont nous pouvons t'aider ».

Je pouvais la sentir hocher la tête. « D'accord ».

« Est-ce que tu as peur de rester ici ? », je demandai. Elle s'enfuyait et s'enfuyait effrayée. De quelqu'un en ville ? Quelqu'un de son passé ?

Elle acquiesça. Putain, personne ne devrait avoir peur d'être dans son propre appartement.

« Allons retrouver Declan et tu peux nous dire à tous les deux ce qui se passe ».

J'ai appelé Declan du camion et il était là à nous attendre à mon ranch au moment où nous nous sommes garés. Il ne dit pas grand-chose quand Hannah descendit du camion, il lui jeta un coup d'œil et passa un bras autour d'elle, la menant à l'intérieur.

Bien que nous voulions tous les deux des réponses,

son confort venait en premier. Elle était totalement effrayée quand je l'avais trouvée. Même si elle s'était calmée, je la sentais ... fragile. Declan lui fit à manger pendant que je faisais couler un bain. Ce n'est que lorsqu'elle fut nourrie et baignée et assise entre nous sur le canapé que nous avons commencé à lui poser des questions.

Elle nous dit tout - à propos de son ex qui la harcelait et comment elle s'était enfuie. Declan et moi sommes restés silencieux, mais mon sang bouillait. Ce que je ne donnerais pas pour tabasser ce connard. Je savais que Declan ressentait la même chose à en juger par la prise crispée qu'il avait sur la tasse qu'il tenait. Je n'aurais pas été surpris si la putain de tasse se serait brisée dans sa main. Mais Hannah n'avait pas besoin de notre colère, elle avait besoin que nous l'écoutions, alors nous nous sommes tus.

« Je ne savais pas quoi faire d'autre, alors je suis partie », acheva-t-elle.

« Je suis content que tu nous l'ai dit », déclara Declan. « Maintenant, nous pouvons te protéger. Tu ne devrais pas avoir à te débrouiller seule avec ça, avec lui ».

Dr Hannah Winters. Elle était un putain de docteur. Un docteur qui était allé à Stanford et venait de terminer son internat. Elle travaillait dans un service d'urgence à Los Angeles quand son ex l'avait emmerdé. Un médecin, putain, avec autant de responsabilités, avait eu si peur qu'elle fuyait, cachée. Dissimulant qui elle était, même à nous. Et elle aurait continué à le faire sans l'étouffement et la trachéotomie d'urgence.

Hannah secoua la tête. « Je ne veux pas vous entraîner là-dedans. Brad est un vrai problème. Il pourrait vous faire du mal... ».

Avant qu'elle ne puisse finir, je la pris sur mes genoux et la déplaçai pour que mes bras soient autour d'elle. Si quelqu'un demandait si le câlin devait la réconforter elle ou moi, je dirais certainement que c'était pour que je me sente mieux. Savoir qu'elle était sur mes genoux et en sécurité, c'était la seule chose qui soulageait ma colère. « C'est gentil de ta part de t'inquiéter pour nous, chérie, mais tu prends les choses à l' envers. C'est à nous de te protéger et de te chérir. C'est notre privilège de prendre soin de toi. Tes problèmes sont nos problèmes, compris ? ».

Elle hocha la tête contre ma poitrine et je la récompensai d'un baiser. « Dites-moi, docteur Winters, comment pouvons-nous vous faire oublier vos soucis et vous aider à vous détendre ? ».

Je vis le sourire sur le coin de ses lèvres et mon cœur fondit presque dans ma poitrine. C'était sacrément bon de voir cette peur disparaître et un peu de bonheur prendre la place. Declan se rapprocha du canapé et une de ses mains commença à lui caresser la jambe.

Après son bain, je lui avais laissé un de mes t-shirts, qui allait à Hannah comme une robe et révélait ces longues jambes sexy. J'entendis son souffle quand la main de Declan atteignit le bord du tee-shirt et caressa sa cuisse.

Ma bite se durcit à la pensée de toutes les façons dont nous pourrions l'aider à se distraire. A en juger par la façon dont elle commença à remuer son cul sur mes genoux, elle pouvait le sentir. Je mordis son cou alors qu'elle et moi regardions les caresses lentes et régulières de Declan. Il la taquinait, la tourmentait. Au moment où sa main atteignit sa chatte, elle se tordit et essaya de se libérer.

Mais ça n'allait pas arriver si vite. Il y avait une leçon qu'elle devait encore apprendre. En un mouvement, je la retournais pour qu'elle soit allongée sur mes genoux, le tee-shirt remonté de sorte que son cul arrondi était nu et tellement tentant que je pensais que je pouvais jouir tout de suite.

Elle haleta quand je levai ma main et claquai ce cul, regardant la trace rose de ma main apparaître.

« Quand nous prenons le contrôle, chérie, ça veut

dire que nous voulons que tu vides ton cerveau, que tu ne fasses que ressentir l'instant présent. Contrôle, oui. Mais c'est toi qui as le pouvoir. Nous sommes des hommes possessifs. Avec Brad, ce n'était pas possessif. Il était obsédé par toi. Je lui donnai une légère fessée. « Tu comprends la différence ? ».

« Oui », répondit-elle, s'affaissant contre moi, commençant à céder.

Je lui donnai encore une fessée. « C'est pour ne pas nous avoir parlé de tes problèmes, ma chérie ».

Quand je la claquai à nouveau, plus fort cette fois, elle gémit. Declan écarta ses jambes alors que je levais la main une fois de plus. Alors que je la redescendais, il fourra ses doigts dans sa chatte.

« Oh mon Dieu ».

« Elle est tellement mouillée », dit-il. Avec sa main libre, il défit son jean alors qu'il continuait à la baiser lentement avec ses doigts. Il s'arrêta juste assez longtemps pour retirer un préservatif de sa poche, et le glisser sur sa queue.

Je lui donnai quelques fessées de plus, plus légères cette fois, jusqu'à ce que Declan s'agenouille sur le sol et soit en position derrière elle. Quand il glissa sa bite en elle, je passai mon bras autour d'elle, taquinant ses tétons à travers le tissu mince du t-shirt. Je la tenais en place sur mes genoux alors qu'il martelait sa chatte.

« Declan, s'il te plaît ! », haleta-t-elle.

« De quoi as-tu besoin, ma chérie ? », demanda-t-il, la main allant à sa hanche, puis glissant entre son cul rose. « Ça ? ».

Je savais que son pouce l'avait ouverte quand elle s'était cambrée en arrière, ses fesses bien tendues.

« Oh mon Dieu », gémit-elle à nouveau.

Declan ne s'arrêta pas, mais au contraire la baisa avec sa queue et son pouce. Il jouit rapidement et Hannah en voulait encore plus. Elle avait toujours besoin de son orgasme - ce qu'il lui restait à lui donner - et je m'assurerais qu'elle le reçoive. Mais pas avant qu'elle ait apprise sa leçon.

Quand il s'est écarté pour se débarrasser du préservatif, je lui frappai le cul une fois de plus. « Il n'y a pas de secrets entre nous ». J'écartai largement ses jambes et abaissai ma main à nouveau, cette fois-ci en m'assurant que sa chatte humide reçut une légère tape.

« Est-ce que c'est compris, chérie ? ». Quand elle ne répondit pas tout de suite, je la fessai encore.

Cette fois, elle agita son cul en l'air, suppliant silencieusement d'en avoir plus. Declan s'assit sur le canapé à côté de moi, son sexe rangé, son pantalon renfilé.

« Oui ». C'était quelque part entre un râle et un

gémissement et ça me convainquit. Je la déplaçai sur le canapé alors qu'elle était allongée sur son ventre, sa tête sur les genoux de Declan. Alors que je me déplaçai derrière elle, elle souleva ses hanches et écarta ses cuisses, s'offrant à moi. Je pouvais voir ses fesses rougies, sa chatte gonflée et lisse. Tout, elle me donnait tout.

Je glissai ma bite d'un seul long coup puissant, m'assurant qu'elle savait qui contrôlait la situation. En passant un bras autour d'elle, je trouvai son clito avec mes doigts, la faisant crier.

« Cole, ne t'arrête pas », supplia-t-elle.

Je n'aurais pas pu arrêter de la baiser si j'avais essayé. Elle était si serrée et humide et avec quelques coups de plus sur son clitoris nous avons joui ensemble.

Plus tard, quand nous étions tous les trois détendus et assis sur le canapé, notre femme entre nous ne portant toujours que mon t-shirt, elle se tourna vers moi avec un sourire taquin. « Je pensais que tu avais dit que tu ne lèverais plus jamais la main sur moi ».

Je souris alors que je me penchai et entourai sa chatte de ma paume. Elle était encore humide et elle gémit et se tortilla dans mes bras. Son empressement pour nous semblait être sans fin. « Une fessée, c'est différent. Parfois, tu dois savoir qui est responsable. Et tu aimes ça.»

Elle gémit d'approbation.

« De plus, nous avons dû faire entrer dans ta petite tête que tu n'as pas besoin de gérer tous tes problèmes par toi-même ».

Declan glissa une main sous la chemise et tordit un mamelon. Nous travaillions en tandem pour lui montrer à nouveau comment ça se passait entre nous. Comme nous serions toujours là, à prendre soin d'elle. « Tu dois apprendre à te laisser aller. Laisse-nous contrôler les choses quand il s'agit de prendre soin de toi ».

Sa respiration devenait plus rapide alors que les doigts de Declan travaillaient ses tétons et que je pouvais sentir sa chatte redevenir humide. Je me tournai vers Declan. « Peut-être que nous devrions lui montrer à quel point nous pouvons prendre soin d'elle ».

Je la hissai debout et la portai dans ma chambre, jurant de ne jamais cesser de lui montrer.

13

 ECLAN

J'ÉTAIS le premier réveillé le lendemain matin et j'étais heureux d'avoir un moment en privé. Depuis qu'Hannah nous avait raconté son histoire la nuit précédente, je mourais d'envie de creuser un peu et de voir ce que je pouvais découvrir à propos du connard qui l'avait mise en fuite. La meilleure façon de battre un adversaire était de savoir d'où il venait et comment il pensait.

Ce que j'ai trouvé me retourna l'estomac. Un militaire de bout en bout, quelqu'un comme le lieutenant-colonel Bradley S. Madison devait avoir des connexions. J'étais étonné qu'il n'ait pas déjà trouvé Hannah, prouvant seulement à quel point notre chérie avait dissimulé ses traces. Pas de cartes de crédit. Pas de guichets automatiques, pas de téléphone portable. Rien qui puisse laisser de traces. Jusqu'à hier.

Avec son premier et deuxième prénom dans le journal local, c'était juste une question de temps. Au moins, nous savions ce qui allait arriver. Je passerai le mot à Jessie, Sally et Violet Kane. Ils prendraient le relais et toute la ville saurait garder un œil sur un étranger et sur Hannah. Si nous étions chanceux, Brad aurait oublié cette obsession - mais je n'allais pas compter là-dessus.

J'avais été assez longtemps dans la police pour savoir qu'un harceleur reste toujours un harceleur. Et Hannah s'était échappée, ce qui l'aurait énervé. Il devrait la traquer juste pour gagner cette bataille. Il n'allait pas laisser une simple femme lui glisser entre les doigts.

Comme Cole l'avait dit à Hannah la nuit précédente, alors que nous aimions avoir le contrôle et étions possessifs, ce salaud était obsessionnel. Il venait même la harceler à l'hôpital où elle travaillait. Pas étonnant qu'elle ait été si effrayée quand nous l'avions dominée.

Ce n'était pas seulement Hannah qu'il avait

emmerdé. Il avait des antécédents, au vu de ce que je pus déterrer. Son ex avant Hannah avait obtenu une injonction contre ce bâtard, qui était dans le domaine public, et je n'avais aucun doute qu'elle vivait dans la peur. Cette condamnation n'était qu'un morceau de papier, pas un bouclier contre le danger.

Une partie de moi espérait qu'il viendrait à Bridgewater pour que je puisse lui montrer ce que cela signifiait d'être battu. Les hommes qui frappent les femmes sont les hommes les plus faibles qui soient.

Quand Hannah et Cole descendirent, je leur parlai autour d'un café de ce que j'avais trouvé et de mon plan pour l'avenir. Je la vis grimacer quand je parlais de Jessie et des autres pour qu'ils puissent ouvrir l'œil. Il était clair qu'elle n'appréciait pas l'idée de partager son histoire, mais elle ne nous combattit pas non plus. Je devais espérer que cela signifiait qu'elle avait fini de courir et qu'elle était prête à se battre, surtout avec toute la ville à ses côtés.

« Je souhaite juste que vous n'ayez pas à vivre ça », dit-elle. Elle baissa les yeux vers sa tasse.

Je passai mes bras autour d'elle et la serrai contre moi. « Qu'est-ce qu'on t'a dit hier soir ? C'est un honneur et un privilège pour nous de prendre soin de toi ».

Elle posa sa tête contre ma poitrine, mais resta silencieuse.

Je lui donnais une petite tape. « Devons-nous te donner une autre leçon ? ».

Elle rit au rappel et le son nous fit partager un sourire. Cela faisait trop longtemps que nous ne l'avions pas entendue rire. Mais j'espérais que maintenant que ses secrets étaient révélés au grand jour, elle pourrait prendre un nouveau départ avec nous, ici, à Bridgewater. Avec tout ce qui se passait dans sa vie, je savais que la pousser si tôt sur ce sujet n'était pas une bonne idée. D'abord, nous nous occuperions de Brad et ensuite nous nous inquiéterions de la façon de nous assurer que notre femme reste à nos côtés, pour toujours.

Je déposai un baiser sur sa tête et commençai à m'éloigner. « J'aimerais passer la matinée avec vous deux, mais je dois me mettre au travail ».

Hannah se releva. « Tu peux me conduire en ville ? Je dois aller au restaurant tôt ».

« Tu fais le petit déjeuner ? » demanda Cole, sachant que ce n'était pas ses heures normales de travail.

Elle secoua la tête. « Non, mais il y a peut-être quelqu'un à qui j'aimerais parler ».

Sa réponse vague nous fit partager un autre regard

de doute, mais nous n'insistâmes pas. Si elle était au restaurant, nous devions croire qu'elle serait assez en sécurité. Elle avait l'air tellement heureuse... et un peu supérieure, comme si elle avait un secret. Je n'aimais pas beaucoup les secrets, surtout avec elle. Mais elle avait l'air excitée cette fois, pas effrayée.

Ce n'est que lorsque nous sommes retournés en ville que je suis parvenu à lui faire cracher le morceau. « Quelle est cette réunion mystérieuse que tu as ce matin ? ».

Quand je la regardai, je vis qu'elle rougissait et se mordait la lèvre. Maintenant, j'étais vraiment curieux.

« Ça pourrait ne pas marcher... ».

Je me tus en espérant qu'elle se confierait à moi. Effectivement, quelques secondes plus tard, elle se tourna vers moi, un genou sur le siège, son visage s'éclaira d'excitation. « Jessie m'a dit que le Dr Murphy prendrait bientôt sa retraite. Il parait qu'il cherche quelqu'un pour le remplacer ».

Comme la pleine signification de ce qu'elle avait dit fit clic dans ma tête, il me fallut toute ma volonté pour ne pas garer mon SUV sur le bord de la route et l'embrasser comme un fou. L'espoir me traversait. Doc Murphy m'avait mis au monde. Cole aussi. Merde, à peu près tous ceux qui étaient nés depuis 1975 dans le comté. Il voulait prendre sa retraite depuis plusieurs années, en tout cas sa femme le voulait. Elle avait finalement dû insister lourdement, et l'autre mari de leur trio avait probablement pris son parti, voulant déménager en Arizona pour être près de leurs enfants et de leurs petits-enfants.

Je n'étais pas trop désireux de voir partir le vieux docteur, mais si cela voulait dire que Hannah resterait...

« Est-ce que cela signifie que tu envisages sérieusement de rester à Bridgewater ? ».

Elle baissa les yeux sur ses mains et me regarda à nouveau. « J'y pense. Je veux dire, je ne peux pas encore m'engager, pas avant d'avoir démêlé cette situation avec Brad et mes possibilités de carrière, mais les médecins sont nécessaires partout. Même à Bridgewater ».

Je lui souris. Tout ce que j'entendais était un tas d'excuses pour retarder l'inévitable. « Mais tu me dis que tu aimerais rester ici avec nous ? ».

Elle haussa les épaules et s'agenouilla sur son siège. Mordis sa lèvre. « Si Cole et toi voulez toujours de moi ». Sa voix était douce, comme si elle avait peur de la réponse.

« Il n'y a aucun doute dans nos esprits, ma chérie. Tu es la seule pour nous, nous attendons que tu en prennes pleinement conscience ».

Elle ne répondit pas et je ne la poussai pas. Le fait qu'elle allait parler au Doc Murphy de la possibilité de reprendre son cabinet était bon signe. Elle devait être à nous, nous devions simplement être un peu plus patients.

HANNAH

Mon entretien avec le Dr Murphy s'était mieux passé que je ne l'aurais jamais imaginée. J'avais serré les dents et expliqué ma situation - pas un sujet que je voulais de nouveau aborder, mais une fois que j'avais commencé, je trouvai qu'il était plus facile de parler maintenant que mes secrets étaient connus de tous. En tant que seul médecin de la ville, j'étais sûre qu'il avait tout entendu au cours de sa longue carrière. Ma fuite loin de Brad n'était probablement rien en comparaison des certaines des choses qu'il avait vues. Alors que j'avais eu ma part de médecine d'urgence et que j'avais l'impression d'avoir une tête calme et objective, le rythme cardiaque de cet homme n'augmentait probablement pas pendant une situation pénible.

J'avais l'impression qu'il se prenait sa retraite plus pour sa femme que pour lui-même - il préférait probablement mourir au cours d'une visite que sur un terrain de golf en Arizona, mais je découvris qu'elle et son autre mari étaient prêts à partir. Oui, il s'était marié à trois !

Il avait aimé l'idée que je reprenne certains de ses patients à sa clinique. J'apprendrais les ficelles du métier, il avait lentement réduit ses heures de travail et les gens de Bridgewater s'habitueraient à moi, même si j'étais tristement célèbre dans la région après toute cette affaire de trachéotomie. Nous passâmes une heure à siroter un café - Jessie vint à l'occasion essuyer la table propre à côté de nous, en écoutant de façon flagrante - et en parlant de la possibilité que je reprenne complètement sa clientèle avant les vacances. Ils voulaient être installés et avoir les petits-enfants dans leur nouvelle maison en Arizona pour Noël.

Tout semblait si parfait. Presque... le destin. Sauf que Brad était toujours là.

Je souriais comme une idiote pendant mon service. Incroyable comment mon point de vue sur tout avait changé après avoir dit la vérité à Declan et à Cole. Peut-être aurais-je dû leur parler de Brad et de ma situation actuelle dès le début. Mais je ne les connaissais pas encore. La confiance n'était pas venue facilement. Pour la première fois, je n'étais pas seule dans ce pétrin. J'avais des gens qui veillaient sur moi et des hommes dans ma vie à qui je pouvais faire confiance. Qui pouvaient me protéger, et se battre pour moi. Je ne pouvais pas manquer la façon dont Jessie gardait un œil sur moi, la façon dont tout le monde dans le restaurant levait les yeux quand la cloche de la porte se mettait à tintinnabuler. Tout le monde était en alerte.

Declan et Cole venaient me chercher pour un dîner tardif après mon service et j'étais impatiente de leur parler de ma conversation avec le Dr Murphy. Je regardai la grande horloge sur le mur du restaurant. J'avais juste eu le temps de courir jusqu'à mon appartement et de quitter ma tenue avant qu'ils n'arrivent. Je dis à Jessie où je me dirigeais et que je serais rapidement de retour.

Des nuages épais s'étaient formés, un orage d'été. Le soleil était caché et il faisait sombre. Le vent se leva, faisant tournoyer mes cheveux dans mon visage. C'est sûrement pour ça que je ne le vis pas, pas au début. J'étais à mi-hauteur des escaliers quand j'entendis sa voix - cette voix - au-dessous de moi. « Hannah ».

Mon estomac se retourna au son de mon nom. Je m'immobilisai, ma main sur la balustrade. Mon sang se glaça et mes muscles se raidirent. Non, non, non. Cela ne pouvait pas arriver. Il ne pouvait pas vraiment être là. Pas maintenant, quand ma vie commençait enfin à redevenir normale. Pas la première fois que je ne regardais pas par-dessus mon épaule. J'avais été si stupide de baisser ma garde, même pour une minute.

En me retournant lentement, je le vis enfin. Il sortit de l'ombre et je pouvais voir la colère gravée dans ses traits. La tension dans son corps alors qu'il montait lentement les escaliers vers moi. Je ne pouvais pas m'échapper. J'étais trop avancée dans la cage d'escalier pour sauter par-dessus la balustrade et son grand corps menaçant bloquait la seule issue.

14

𝓗ANNAH

« BRAD, qu'est-ce que tu fais ici ? ». La question était stupide, parce que je savais qu'il était là pour moi.

« Tu as été une mauvaise fille, Hannah ». Le regard dans ses yeux était fou, instable. Il s'était déjà fâché, mais pas comme ça. Des veines dans son cou saillaient, je voyais même les pulsations sur sa tempe. Il ne portait pas son uniforme, seulement un jean et un t-shirt noir. Ses cheveux étaient toujours courts, son visage rasé, rien pour cacher ses émotions. « Pensais-tu vraiment que je ne te trouverais pas ? Idiote, en utilisant ton prénom et ton deuxième prénom. Tu voulais que je te retrouve, n'est-ce pas ? Tu voulais que je te poursuive ».

Je ne l'avais jamais vu aussi déséquilibré. Même si j'avais eu peur de me blesser dans le passé, j'avais maintenant peur pour ma vie. Il avait parcouru des centaines de kilomètres pour moi. Le journal était sorti seulement hier matin. Il avait dû me retrouver sur Internet, puis pris le premier avion. Il n'avait pas attendu. Non, il attendait depuis des semaines que je fasse une erreur. Et maintenant il était là.

Le tonnerre grondait au loin. Si je criais quelqu'un dans le restaurant entendrait-il? Mes pieds étaient coincés alors que la panique rendait mon cerveau incapable de prendre une décision. Pourquoi étais-je capable de faire un trou dans la gorge d'un homme sans cligner des yeux, mais complètement paniquée quand j'étais en danger? Et si je courais en haut et verrouillais la porte ou essayais d'appeler à l'aide? Non, il me suivrait et je serais dans une situation bien pire avec lui dans mon appartement.

J'attendis trop longtemps. Il atteignit la marche en dessous de moi et attrapa mes bras. La sensation de ses mains rugueuses, l'odeur familière de son après-rasage écœurant - c'était suffisant pour me sortir de ma torpeur.

Je criai et me dégageai. Brad bloquait mon chemin

vers le restaurant où il y avait d'autres personnes alors ma seule option était vers le haut. Je n'avais pas d'autre choix que d'aller dans mon appartement. Je me retournai et j'essayai de courir mais une de ses mains attrapa ma cheville et je tombai dans les escaliers, mes mains et mes genoux résonnant sur le bois dur. Je me remis debout en chancelant. Ma jambe libre le frappa à l'épaule.

« Stupide salope », grogna-t-il, se déplaçant plus haut alors il planait au-dessus de moi. Je pouvais le sentir appuyer dans mon dos, me piégeant. « Tu pensais vraiment que je ne te retrouverais pas ? ».

Il attrapa mes cheveux et tira ma tête de sorte que sa bouche fut proche de mon oreille. Je m'écriai à nouveau mais le son était plus faible cette fois-ci puisque mes poumons et mon estomac étaient pressés contre les escaliers. Le vent se leva à nouveau, les cheveux me fouettant le visage. Je ne pouvais pas l'écarter, mes bras emprisonnés sous moi.

« Tu m'appartiens ». Son souffle était chaud sur mon visage.

C'était ce dont j'avais peur. Son obsession. Declan et Cole n'étaient en rien comme ça. La façon dont ils se comportaient, souvent comme des hommes des cavernes, ce n'était pas la même chose. Je le voyais maintenant, j'entendais le ton. Je le sentais. Ils me voulaient, peut-être autant que Brad. Mais ils ne voulaient pas que je sois un objet ou une chose, mais leur égal. Nous étions un trio, un trio, qui se renforçait mutuellement. Oui, ils étaient très autoritaires. Mais j'aimais ça. Merde, j'avais besoin qu'ils soient comme ça. Ils prenaient pris mes soucis et les remplaçaient par le silence, la paix. Avec plaisir.

« Tu es à moi et tu le seras toujours », gronda-t-il.

« Non ! », criai-je, essayant de le repousser, mais ça ne servait à rien.

« Elle n'a jamais été à toi et ne le sera jamais ». La voix de Declan vint du bas de l'escalier et le son de celle-ci me fit sangloter de soulagement. Une seconde plus tard, Brad s'écartait.

J'entendis des bruits de lutte, mais ce n'est que lorsque je me redressai que je vis Declan et Cole tabasser Brad.

C'était ... mon Dieu, une belle vue. Ils étaient là !

Brad était toujours debout, mais il n'avait aucune chance contre mes deux hommes. Juste le regard sur leurs visages aurait dû suffire à faire fuir Brad, mais il était trop abruti pour penser que quelqu'un pourrait le battre. Ils le poussèrent vers le restaurant, puis à travers la porte. Je me précipitai après eux, trébuchant sur les marches en descendant.

Je laissai échapper un rire étouffé quand je les

suivis à l'intérieur. Brad gisait sur le sol, du sang suintait de son nez et des ecchymoses commençaient déjà à se former sur son visage. Il était toujours conscient mais il avait eu le bon sens de ne pas se défendre.

Il était cerné. Cole et Declan étaient au-dessus de lui, respirant lourdement, mais ils semblaient indemnes. Ils n'en avaient pas fini avec lui. Je savais que si Brad se levait, ils le tabasseraient un peu plus. À côté d'eux, Jessie tenait une poêle à frire posée sur son épaule, prête à swinguer, comme un club de golf. Comme si cela ne suffisait pas, trois des habitués du restaurant, dont le Dr Murphy, avaient des armes à feu et visaient la tête de Brad. Le Montana était vraiment le Far West. Alors que j'avais l'habitude de voir des coups de feu aux urgences et que je n'étais pas pour les armes à feu, pour une fois dans ma vie j'étais heureuse de voir toutes ces armes.

Ce bâtard serait frappé, écrasé et abattu s'il bougeait un muscle.

« Hannah, es-tu blessée ? », demanda le Dr Murphy, tenant toujours Brad en joue.

« Non, je vais bien », dis-je, ma voix tremblante.

Declan parlait dans sa radio, mais je n'écoutai pas. Je regardai un Brad brisé et peureux.

Cole quitta le groupe pour me prendre dans ses

bras. Je n'avais pas réalisé que je tremblai jusqu'à ce qu'il me tienne contre lui. « Tu n'es vraiment pas blessée ? ».

Je secouai la tête. « Je vais bien. Ou ça ira mieux bientôt ».

Il embrassa le sommet de ma tête, me donna une légère caresse. « Tu ne le reverras plus jamais ». C'était tellement bon d'être dans ses bras, de savoir que j'étais en sécurité. Et de savoir qu'il me garderait en sécurité. Et il l'avait fait.

Les choses se sont passées rapidement après cela. Declan vint me faire un câlin et me donner un baiser avant de passer en mode flic à part entière. Après avoir lu ses droits à Brad, il le transporta à bord d'un véhicule de police qui s'était garé devant avec des lumières bleues et rouges clignotantes. Il m'assura avant leur départ que je n'aurais plus jamais à revoir le visage de Brad et je le crus. Je ne savais pas exactement ce que le système judiciaire allait faire, mais je savais qu'il y avait suffisamment d'espace pour enterrer un corps si Brad n'était pas envoyé en prison comme Declan le souhaitait.

Les armes furent remisées et Jessie plaça la poêle sur le comptoir. Tout le monde se remit à manger, mais les nouvelles de cet incident se répandraient à travers la ville plus rapidement qu'un feu de forêt. Je donnais à la ville beaucoup de sujet de ragots. Jessie me servit une tasse de thé pendant que Cole s'occupait de mes petites blessures et ecchymoses. Il sourit et me regarda avec ces yeux pâles alors qu'il disait : « Je vais jouer au docteur maintenant, même si je peux penser à de meilleures façons de te soigner ».

Oui, j'étais sûre qu'il avait d'autres idées en tête.

« Nous ne te laissons pas hors de notre vue, chérie », dit-il.

J'aimais cette idée. Après tout ce qui s'était passé avec Brad, il me faudrait un peu de temps avant d'être à l'aise, même si je savais que Brad était en prison. « Bien ».

Il m'emmena ensuite à l'étage et m'aida à rassembler des vêtements et des affaires de toilette pour que je puisse les ramener chez lui. Il ne me quitta pas un instant.

Bien que je sache que Brad ne pouvait pas m'agresser à nouveau, mes mains tremblaient encore alors que je fermai mon sac de voyage.

Cole me prit le sac. « Hey. » Inclinant mon menton, il me força à rencontrer son regard. « C'est fini ».

Les mots étaient un baume frais et doux. Presque trop beau pour être vrai. Après avoir vécu si longtemps dans un cauchemar, il était difficile de croire que Brad était finalement sorti de ma vie. Je n'avais plus à me cacher. Avec un bras autour de ma taille, Cole me conduisit hors de l'appartement, en passant devant mes voisins et amis qui m'avaient soutenue, et m'aida à monter dans son camion.

C'était bon. Être avec lui, avec Declan. Et maintenant je n'avais plus à me cacher. Je n'avais pas à avoir peur. J'avais deux hommes qui me protégeaient. Me possédaient. Me plaisaient - au moins j'espérais qu'ils le feraient très bientôt.

Je me tournai vers lui avec le meilleur sourire que je pouvais faire. « Emmène-moi à la maison ».

15

 OLE

Hannah resta silencieuse pendant la plus grande partie du trajet jusqu'à mon ranch, mais je lui saisis la main et la posai sur ma cuisse. Je préférerais plutôt conduire d'une seule main, que la laisser partir.

Je restai tranquille, lui laissant un peu d'espace pour enregistrer ce qui venait de se passer. À vrai dire, j'avais besoin de temps moi-même. Ce n'était pas tous les jours que je regardais l'amour de ma vie affronter le danger et j'étais encore secoué.

Brad. C'était un grand gars. Épais avec du muscle et plein de colère. Plein de colère envers Hannah.

Si nous n'avions pas été là...

Si quelque chose lui était arrivée ...

Mais il était inutile de penser à cela. Tous ces si. Le plus gros des si étant que s'il ne l'avait pas emmerdé, elle ne serait pas venue à Bridgewater.

La seule consolation était que s'il l'avait blessée dans le passé, il ne le ferait plus jamais et nous serions là pour être sûrs de tenir cette promesse. Je lui serrai la main en nous reconduisant à la maison.

« Je suis désolé », dis-je.

Elle regardait par la fenêtre, mais à mes mots doux, elle se tourna pour me regarder.

« Pardon ? Tu m'as sauvée ».

« Nous n'étions pas là ».

Elle soupira, me serra les doigts. « Tu ne seras pas toujours là. Je ne suis pas une enfant qui a besoin d'une baby-sitter ».

Elle avait raison. Nous ne pouvions pas être avec elle tout le temps. Nous n'étions pas comme ça. Étouffants. Contraignants. Elle devait vivre sa vie, et j'espérais qu'à la fin de la journée, elle rentrerait chez nous.

Declan arrivé au ranch quelques minutes après nous. Il entra dans la cuisine où Hannah sirotait son thé et je la surveillais comme une putain de mère poule. Je ne la laisserais jamais hors de ma vue. Qui pourrait me blâmer ?

Il se laissa tomber sur une chaise alors qu'il nous renseignait sur la façon dont il avait confié Brad à ses collègues pour l'arrêter et traiter son dossier. Il se gratta la tête, ses cheveux roux se dressant dans tous les sens et regarda la table. « Je ne pouvais pas me faire confiance pour faire face à ce trou du cul plus longtemps que nécessaire. S'ils m'avaient laissé seul dans une pièce avec ce bâtard... ». Il s'interrompit en secouant la tête. Atteignant l'autre côté de la table, il prit la main de Hannah dans la sienne. « En plus, je voulais revenir ici et m'assurer que tu allais bien ».

Elle lui adressa un sourire bancal. « Je vais très bien ».

Je savais que c'était une exagération, mais je laissai tomber.

« Merci ». Elle se tourna vers moi. « Merci à vous deux. Si vous n'étiez pas venus... ».

Je secouai la tête, me rappelai ce que j'avais ressenti lorsque je vis le mec l'épingler sur les marches. Ce n'était que le début de son plan. Il venait tout droit de Californie, il ne se contenterait pas d'une simple intimidation. Non, il avait prévu de la blesser. « Pas la peine de penser à ça, chérie ».

Oui, je ne voulais pas percer un trou dans mon mur.

Elle acquiesça d'un signe de tête, déglutit. « Alors qu'est-ce qui lui arrive maintenant ? ».

Declan prit la voix de flic que je connaissais si bien et expliqua la procédure. À la fin, il dit : «Même s'il est militaire, ce qu'il a fait est hors de leur juridiction. Ça va être compliqué avec leur implication, mais pour faire court, tu n'auras plus jamais à te soucier de ce type ».

Il leva les yeux vers moi et je pouvais facilement lire dans ses pensées. Si la loi ne le mettait pas à l'écart, nous prendrions soin de lui. Je n'avais aucun doute que d'autres personnes en ville aideraient, probablement même apportant les pelles.

Ses magnifiques yeux verts étaient remplis d'amusement. « C'est bon à entendre. Mais ce que je voulais dire, c'est ce qui se passe maintenant... entre nous ? ».

Declan et moi partageâmes un coup d'œil rapide, de surprise cette fois, avant de la regarder de nouveau. « Qu'est-ce que tu veux qu'il se passe ensuite ? », demanda-t-il. Il semblait un peu méfiant, et je ne pouvais pas le blâmer. Elle venait d'aller en enfer et de revenir. Bien que nous voulions faire passer le niveau supérieur, il était très probable qu'elle demanderait un peu d'espace. Et de temps. Nous lui donnerions tout ce dont elle aurait besoin, mais ce serait dur d'attendre.

Elle se lécha les lèvres et manipula l'anse de sa tasse. « J'ai parlé au Dr Murphy ce matin ».

Je vis Declan se redresser, une nouvelle énergie lui donnant l'air de vouloir s'éjecter de son siège à tout moment. « Dans toute cette putain de folie, j'ai oublié ça. Et alors ? ».

Et ? Je n'avais aucune idée de ce dont ils parlaient. Pourquoi avait-elle besoin de voir le docteur ?

Ses lèvres se courbèrent en un sourire. « Et je pourrais être le prochain médecin résident de la ville si je veux ce travail. Je n'aurais pas les privilèges de l'hôpital comme lui, mais je pourrais les obtenir ».

J'avais entendu dire que le Dr Murphy voulait prendre sa retraite, mais n'y avais pas vraiment réfléchi. Jusqu'à maintenant. Ma bouche resta ouverte alors que la signification de tout ça me frappait. Elle voulait rester ici... avec nous. Même si nous n'avions qu'une petite clinique à Bridgewater, elle devait pouvoir prendre des patients qui avaient besoin de soins plus sérieux dans les hôpitaux voisins de Bozeman ou de Helena. Je n'étais pas expert sur les histoires de médecins qui déménageaient dans un état différent pour travailler, mais j'avais le sentiment que ce n'était pas impossible.

Elle se tourna vers moi et me raconta ce qu'elle avait déjà dit à Declan plus tôt. À la fin, lui et moi étions prêts à sauter de nos sièges avec excitation. « Alors tu restes ? », demandai-je. Je devais l'entendre dire le mot.

Pendant une seconde, elle eut l'air timide, son regard se posant sur la table et sur Declan, puis sur moi. « Seulement si vous êtes tous les deux sûrs que… ».

« Nous sommes sûrs », dit Declan, ne la laissant pas finir sa phrase. Il sourit.

Je me levai de ma chaise et vint vers elle. En me penchant, je l'enveloppai de mes bras par-derrière, mes lèvres trouvant l'endroit sensible sur son cou qui, je le savais, la faisait frissonner. Je respirai son parfum. « Chérie, il n'y a rien qui nous rendrait plus heureux. Tu es à nous, maintenant et pour toujours ».

Elle tourna la tête pour me sourire. Elle ne paniqua pas cette fois quand je prononçai cette revendication. Notre revendication. « Alors je suppose que je devrais dire au Dr. Murphy que je suis prête à commencer tout de suite ».

Declan se leva de son siège et vint de l'autre côté de Hannah. « Pas si vite. Je pense que le bon docteur comprendrait si tu avais besoin de quelques jours… ».

« Quelques semaines », clarifiai-je.

Il me sourit. « Quelques semaines pour récupérer ».

Elle sa tourna vers moi. « Récupérer ? ».

« Mmm », murmurai-je d'approbation en me penchant pour sentir son cou, mes mains effleurant sa taille et ses hanches, la faisant se tortiller sur son siège. « Je suis sûr que le docteur et Jessie comprendront que tes hommes ont besoin de temps pour prendre soin de toi. Après tout ce qui s'est passé, tu mérites un peu d'attention. Ce sont les ordres du Dr. Cole ».

Declan tirait déjà sur sa main, l'aidant à sortir de la chaise. « Ça commence maintenant, ma chérie ». Il donna une petite claque à son cul qui l'envoya dans la direction de l'escalier. « Maintenant, monte dans notre lit ».

16

Hannah

Le son sévère de la voix de Declan quand il me donna l'ordre d'aller à l'étage suffit à mouiller ma culotte. J'étais facile à exciter. Je l'admets. Mais seulement avec eux. Peut-être était-ce la montée d'adrénaline de tout à l'heure, mais je tremblais d'anticipation quand ils me suivirent dans la chambre. Deux grands hommes allaient me dominer et me contrôler et je le voulais. Après Brad, on pourrait penser que j'éviterais tous les hommes. Le contraire semblait être le cas. Je désirai ces deux-là. J'en avais besoin.

Je grimpai facilement sur le lit. J'avais depuis

longtemps perdu mon embarras par rapport à mon impatience de les sentir en moi. En me baissant sur le dos, je saisis le couvre-lit entre mes mains alors que je les regardais venir sur le lit, leurs yeux noirs de désir et leurs pénis visiblement dressés dans leur jean.

Ils étaient mes âmes sœurs. Dans cette pièce, je me sentais en sécurité. Protégée. Chérie. Possédée. Peut-être qu'ils étaient obsédés par moi, mais avec ces deux-là ? Ça m'allait. En fait, j'étais plus que désireuse de les voir céder à leur obsession parce que je savais ce que cela m'apporterait du plaisir.

Declan se pencha et commença à défaire les boutons de ma tenue. Je gémis.

Ses doigts se figèrent. « Quoi ? ».

« Cette robe est repoussante pour les mecs. Comment peux-tu me vouloir dans cette chose hideuse ? ».

Il sourit alors. « Nous ne te voulons pas dedans. J'essaie de te sortir de là ».

Je levai les yeux au ciel alors que Cole arrivait de l'autre côté et soulevait l'ourlet pour qu'il soit enroulé autour de ma taille. « Nous te prendrons tant que nous pourrons t'avoir. N'as-tu pas encore compris ça, chérie ? ».

Je vis l'incertitude dans ses yeux.

« Quoi ? », demandai-je.

« Tu sais que nous te voulons. Sur le long terme. Nous te l'avons clairement fait savoir. Mais je pense que je peux parler pour Declan quand je dis que nous sommes prêts à attendre, à être avec toi comme tu le souhaites. C'est à toi de voir. Nous voulons juste des bribes. Tout ce que tu es prête à nous donner ».

Je les regardai tous les deux. Grands et larges. Musculeux. Forts. Courageux. Cole étalait toutes les cartes pour moi. Oui, ils avaient dit qu'ils me voulaient. Au début, je n'y avait pas vraiment cru, mais ils avaient prouvé à maintes reprises qu'ils étaient là pour moi, pour tout.

Je les avais fait courir. Oui, je m'étais mise nue le premier jour, mais j'avais gardé mes émotions séparées. J'avais donné mon corps, mais je n'avais rien donné d'autre. Ils me voulaient. D'une certaine façon, ils savaient que j'étais exactement ce qu'ils voulaient la première fois qu'ils me virent. Pourtant, je continuais à les repousser.

J'avais eu peur qu'ils soient blessés par Brad. J'avais eu peur qu'ils soient blessés par moi. Que je ne pouvais pas m'impliquer avec deux hommes. Je n'avais pas semblé capable de leur faire confiance, alors qu'ils voulaient que je sois à eux, entièrement, je n'avais jamais dit que je voulais qu'ils soient à moi.

Ils m'avaient dit qu'ils me voulaient. Encore et encore. Et ils attendaient toujours.

Mes yeux se remplirent de larmes.

« Eh, qu'est-ce que c'est que tout ça ? » demanda Declan, en en essuyant une qui glissa sur ma joue.

« Je suis désolée », dis-je, ravalant difficilement les larmes. Déjà que mon uniforme était laid, des pleurs horrible n'était pas quelque chose que je voulais que ces deux-là voient.

Cole fit un léger signe de tête, puis commença à reculer du lit.

« Non », dis-je en saisissant son poignet. Je m'assis et il se calma. Je ne le lâchai pas. Mon regard passait de l'un à l'autre, et eux me regardaient.

Je ne voulais jamais lâcher prise.

« Je veux dire, je suis désolée de ne pas vous fait avoir confiance. Je suis désolée de ne pas avoir saisi les intentions que vous aviez envers moi ».

« Nous avons dit que - ».

Je coupai Declan. « Je sais. Tu as dit que j'étais à toi depuis le début. Mais je l'ai juste entendue comme une possessivité et pas comme tu l'entendais. Je pensais juste à Brad. Je n'y ai jamais vraiment cru. Vous parlez de vivre ensemble et d'engagement, de prêts bancaires et de bébés ».

Cole s'inquiétait de ça. « Tu veux des bébés ? ».

Je m'essuyai l'œil, la dernière larme séchée. Je ne pouvais pas m'empêcher de sourire à son impatience. « Oui, un jour ».

« C'est bien, parce que nous voulons tout un tas avec toi. Une vraie équipe de football ».

Je retirai ma main de son poignet pour entrelacer nos doigts.

« C'est justement ça. Vous le saviez depuis le début. Je n'ai juste pas réalisé la profondeur de vos sentiments ».

« Peut-être que nous ne nous sommes pas bien fait comprendre » ajouta Declan, en prenant ma main et en la tenant pour que nous soyons tous connectés.

« Si », confirmai-je.

Il secoua la tête. « Peut-être que nous n'avons pas dit les bons mots ».

« Declan a raison. Nous avons tout dit sauf les trois mots les plus importants. « Cole leva nos mains jointes, embrassa mes doigts. « Je t'aime, Hannah Lauren Winters ».

Les larmes revinrent, mais un sourire aussi.

« Et je t'aime aussi », ajouta Declan. « Nous pourrions te dire que tu es à nous, mais n'as-tu pas compris que nous sommes à toi ? ».

Je hochai la tête, reniflai. « Oui, il y a de ça trois minutes ».

« Tu peux nous diriger autant que tu veux ».

« Même dans la chambre ? », demandai-je, un sourire me courbant la bouche.

« Si tu veux faire l'amour avec moi, je suis d'accord », ajouta Declan.

Je regardai les deux, je savais qu'ils n'aimeraient pas ça tout le temps. Donc je ne le ferais pas. Alors je leur dit « non, j'aime quand tu me contrôles » admis-je. Je baissai les yeux vers le lit, puis vers eux. « Je vous aime aussi. Tous les deux ».

Les regards sur leurs visages étaient quelque chose que je n'avais jamais vu auparavant. Ce n'était pas la luxure. Ce n'était pas de la colère. C'était ... de l'adoration. De la révérence. De l'amour.

« Tu veux ça avec nous, Hannah ? » demanda Declan. « Tout ? ».

Je pris une profonde inspiration, je me sentais tellement heureuse. Brad était parti. Je n'avais aucun souci à l'horizon. Je ne regardai plus par-dessus mon épaule. Rien que l'avenir.

Avec eux.

« Oui. Je veux tout avec vous. Mais... ».

« Mais ? » demanda Cole.

« Mais je ne veux pas de bébés maintenant. J'aimerais d'abord prendre le relais du Dr Murphy ».

Ils ont tous deux acquiescé. « Pas de bébés

maintenant. Cela ne veut pas dire que nous ne pouvons pas nous entraîner ». Cole sourit et Declan fit un clin d'œil.

Je ris. « Oui, entraînons-nous ».

Sur ce, Declan mit sa main sur mon sternum, me repoussa doucement. Ma jupe était retombée et Cole la remonta jusqu'à mes hanches.

« Jolie culotte », dit-il, sa voix profonde. Mes mamelons durcirent au changement de ton. Oui, j'aimais qu'ils prennent le contrôle. « Enlève-la ».

17

Hannah

Je fis comme on me dit, en me dandinant pendant qu'ils me regardaient. J'aimais avoir les yeux sur moi. Connaissant ces hommes, ces grands cow-boys étaient à moi, faisaient gonfler mon cœur, et mouiller ma chatte.

Declan écarta largement mon uniforme et défit le fermoir avant de mon soutien-gorge pour que mes seins soient nus. « Tu vas écarter tes jambes pour nous », ordonna-t-il. « Montre-nous ta jolie chatte ».

« Non, la nôtre ». Le regard de Cole glissa le long

de mon corps pour me regarder. Je vis la chaleur torride et rien d'autre. « Cette chatte nous appartient, n'est-ce pas, Hannah ? ».

Je me mordis la lèvre pour ne pas gémir alors que je hochai la tête et ouvris lentement mes jambes. Quand ils restèrent silencieux et que Declan arqua ses sourcils roux, je les ouvris plus grand. Je savais que j'étais mouillée et, au passage, Cole fit un petit bruit possessif avec sa gorge, il l'avait remarqué.

« Joue avec tes seins », dit Cole en montant sur le lit, baissant son jean en cours de route. Ses yeux ne me quittaient pas.

« Montre-nous ce que tu aimes », pressa Declan. Je me suis souvenue qu'il avait déjà dit la même chose, cette première nuit dans le camion et ça m'avait fait peur. Maintenant, j'avais peur qu'ils n'aiment pas ce qu'ils voyaient, surtout que je portais ma tenue de travail terne. Mais quand je vis le gros pénis de Cole se libérer alors qu'il baissait son boxer, j'oubliai tous mes tracas. J'attrapais mes seins, aimant la façon dont les mecs ne pouvaient pas me quitter des yeux. Je roulai mes tétons entre mes pouces et mes doigts. Cole se plaça à mes côtés et écarta délicatement mes mains. Il prit la relève, se penchant pour que sa bouche couvre un bout dur et suce ...fort. Sa main prit l'autre sein en main et joua avec.

Je gémis et arquai mon dos alors qu'il continuait à pincer et à sucer. Il n'était pas doux, mais je ne voulais pas qu'il le soit. Cette attention me fit tout oublier à l'exception de mes hommes. Ils s'occupaient de moi, ils prenaient soin de moi. Ils m'aimaient.

Mes yeux se fermèrent alors que je me délectais de cette douce torture, mais j'étais vaguement consciente du mouvement au pied du lit. Je fus prise par surprise quand Declan saisit mes cuisses et les écarta encore plus grand jusqu'à ce que mes jambes soient aussi écartées qu'elles pouvaient l'être. Puis il enfouit son visage, sa bouche sur ma chatte, léchant le long de la fente, puis me séparant avec ses doigts pour qu'il puisse encercler mon entrée. Le frottement de sa barbe irritait mes cuisses de la façon la plus délicieuse possible, ajoutant à la douce douleur que Cole m'infligeait sur les mamelons. La langue de Declan claqua sur mon clitoris et un doigt se glissa à l'intérieur de moi, s'enroulant sur mon point G.

J'avais une main emmêlée dans les cheveux de Cole et une autre derrière la tête de Declan, les pressant tous les deux alors que je me tortillais sous eux, poussant mes hanches pour en demander plus dès que la langue de Declan quittait ma chatte et gémissait de mécontentement quand Cole lâchait un mamelon pour l'autre. Putain, je voulais qu'ils ne s'arrêtent jamais.

Mais ils s'arrêtèrent. Declan leva la tête et je regardai mon corps nu pour le contempler. Ses yeux étaient d'un bleu orageux, ses lèvres humides et luisantes de mon jus. « Si cette chatte nous appartient, alors ce cul vierge aussi ».

Il tourna son poignet, laissa ses doigts à l'intérieur de moi, mais passa son pouce au-dessus de cette ouverture sensible.

Je résistai à la sensation. Mon clitoris était enflé et douloureux, ses doigts toujours dans ma chatte. Et maintenant ça.

« Chut, doucement », dit-il.

Je laissai tomber ma tête pendant qu'il continuait à jouer. De faire des cercles, d'appuyer dessus.

Au début je le combattais, réaction instinctive de mon corps pour le tenir à l'écart. Mais quand il baissa à nouveau la tête, sa langue lapant mon clitoris, je soupirai, me relâchant entièrement. C'est alors que je me suis ouverte comme une fleur et son pouce entra en moi.

J'ai entendu le couvercle de la bouteille de

lubrifiant, mais je n'ai pas ouvert les yeux. Son pouce glissa en arrière et je sentis une petite goutte quand il rentra dedans, emportant le lubrifiant, encore et encore, en ajoutant de plus en plus au fur et à mesure qu'il avançait plus profondément.

J'étais tellement huilée que ce n'était pas douloureux. Oui, je ressentais une légère brûlure, un étirement, mais c'était bon. Cole était de nouveau en train de jouer avec mes seins et j'appréciais maintenant les avantages de deux bouches et de quatre mains. Les choses qu'ils pourraient faire ...

« Oh mon Dieu... putain », gémis-je, incapable de me retenir. Je ne pouvais rien leur cacher, surtout mon plaisir quand ils étaient si intenses, qu'ils me touchaient, qu'ils me léchaient, qu'ils m'entraînaient jusqu'au bord, et au-delà.

J'ai crié, crié leurs noms, emmêlé mes doigts dans leurs cheveux.

Je perdis la trace de combien de temps cela dura. S'ils essayaient de me montrer combien j'étais adorée ... eh bien, mission accomplie. Alors que l'orgasme s'estompait, je ne savais pas si une femme n'avait jamais été si incroyablement sucée, léchée, caressée et doigtée. Ils continuèrent même après mon orgasme, ma chatte palpitante sous la bouche de Declan, mon cul serré autour de son pouce, voulant plus, voulant plus profond. Après avoir joui la deuxième fois, je mis fin à leurs actes. Enfin, je ne leur ai pas demandé d'arrêter, pas exactement...

« Baisez-moi », suppliai-je. « J'ai besoin d'être baisée. Par vous deux. S'il vous plaît ».

C'étaient les mots magiques.

J'étais une masse de gelée mais quand Declan m'ordonna de me mettre à quatre pattes, je réussis à me retourner avec un peu d'aide de mes hommes. Cole s'installa sur le lit, la tête sur les oreillers, Declan vint derrière moi.

« Est-ce que tu nous fais confiance, chérie ? » demanda Cole, levant la main sur ma joue pour la caresser. Mes seins pendaient, lourds et douloureux, les bouts durs et un peu endoloris de ses ardentes attentions.

Avec un claquement ludique sur mes fesses, je sursautai, sentis mes seins se balancer.

« Réponds-lui, Hannah », dit Declan. Il se pencha sur moi et je sentis la chaleur de sa poitrine se presser contre mon dos. « Tu nous fais confiance ? ».

« Oui », répondis-je rapidement. Il n'y avait aucune raison de retarder la chose. Je leur faisais confiance. Complètement. De tout mon être.

« Tu veux nous prendre tous les deux ? » demanda-t-il, ses lèvres effleurant mon épaule. Un frisson glissa le long de ma colonne vertébrale. « Je serai dans ton cul et Cole au fond de ta chatte ».

« Oui », respirais-je.

Cole sourit et tordit son doigt et je levai mon genou au-dessus de ses hanches pour le chevaucher. Saisissant sa bite dans ma main, je la caressai une fois, puis de nouveau avant de me lever et d'aligner cette pointe évasée à mon entrée.

Il saisit mon poignet. « Préservatif, chérie ». Il mordit ces mots à travers ses dents serrées, sachant qu'il était aussi avide que moi.

Je secouai la tête, me mordis la lèvre, relâchai ma main sur son sexe, ce qui me fit m'abaisser, un délicieux petit pouce à la fois. « Je prends la pilule ».

Cole gémit. « Putain, Hannah. Je n'ai jamais - ».

Ses mots furent coupés quand je me suis soulevée, avant de me laisser retomber sur lui, le prenant de tout son long.

« - fait sans préservatif avant ».

Il se sentait bien sans le latex qui nous séparait. C'était Cole uniquement, une sensation pleine.

« Moi non plus, mais si c'est pour de vrai tout ça, alors je ne veux pas de latex entre nous ».

« Putain, c'est excitant », dit Declan, sa main glissant le long de mon dos.

« Viens ici. Donne-moi un baiser ». Cole me retint par le cou et me tira vers le bas. Sa bouche était douce, gentille et tendre, complètement en désaccord avec ce que nous avions fait. Je sentais l'amour en cela, la façon dont ses hanches se soulevaient et s'abaissaient doucement, comme si elles savouraient chaque instant de notre nudité.

J'entendis la giclée du lubrifiant, le bruit de la main de Declan coulissant de haut en bas sur sa queue. Ses doigts enduits glissèrent à travers ma fente et par-dessus le trou dans lequel il allait bientôt entrer. J'étais prête pour lui, il s'en était assuré.

« Moi aussi chérie. Rien entre nous », me dit Declan comme je sentais la large tête de sa queue se presser contre moi.

Inclinée comme je l'étais, il était parfaitement aligné pour me baiser, afin qu'ils puissent tous les deux me baiser. Ensemble.

Cole me laissa me lever, mais tenait ma nuque doucement. Je vis le sombre désir dans son regard. « Doucement, laisse entrer Declan ».

Je lui fis un léger signe de tête et je le regardai droit dans les yeux tandis que Declan me saisissait la hanche, se mit à appuyer de plus en plus fort.

« Détends-toi, Hannah. Bien. Encore. Oui, respire. Je suis presque - ».

Je gémis quand Declan m'écarta et parvint à pousser au-delà de l'anneau de muscles qui résistaient.

« Oh mon Dieu », soufflai-je. Je sentais une brûlure, mais pas trop mal. Ils m'avaient bien préparée, mais je n'avais aucune idée que la sensation serait aussi intense. J'étais si pleine, les sentiments si intenses. Non, c'était plus qu'intense, ça me donnait les larmes aux yeux. Je me sentais vulnérable et puissante tout en même temps. Je n'avais jamais été aussi ouverte, si exposée à qui que ce soit auparavant. Cela devait être la chose la plus intime que j'avais jamais faite. Pourtant, je me sentais puissante. J'étais celle qui nous reliait. J'étais celle qui nous faisait, pas un couple, mais peut-être le début d'une famille. J'étais le centre. Au cœur de celle-ci.

« Doucement », dit encore Cole. « Gentille fille. Prends juste une minute. Chut ».

Je remuai mes hanches, détendis mes mains sur les draps, arquai mon dos, pris le temps de m'adapter. Je respirai profondément, et repoussai les larmes stupides.

Je me léchai les lèvres, sentis la poitrine de Cole monter et descendre, sentis ses grandes mains sur mes hanches. Declan caressa d'une main ma colonne vertébrale, attrapa mes fesses. L'odeur du sexe tourbillonnait autour de nous, musquée et capiteuse. Ce n'était pas un peu de sexe dans le noir. Merde, ce n'était même pas un coup rapide sur la table de la cuisine. C'était une baise déchaînée. C'était chaud et humide, bruyant et moite. Et j'aimais ça.

Je remuai un peu plus, poussai en arrière et Declan glissa un peu plus profondément. Cole jeta un coup d'œil par-dessus mon épaule.

« Prêt pour plus ? », demanda Declan.

Je hochai la tête, mes longs cheveux glissant sur mon dos nu.

« Dis-le, ma chérie. Dis que tu veux que tes hommes te baisent ensemble ». Les mots de Declan étaient si charnels, si sombres, que je frissonnais.

« Je vous veux... je veux que vous me baisiez ensemble », murmurai-je, comme si j'avais besoin de calme avant la tempête.

Cole me souleva pour s'extirper de moi jusqu'à ce que seule son large gland s'accroche à mes plis gonflés alors que Declan s'introduisait de plus en plus loin. Alors qu'il reculait, il appliqua plus de lubrifiant, se frayant un chemin en profondeur.

Je me pressai contre la poitrine de Cole avec mes mains, en arquant mon dos, en balançant mes hanches autant que possible, mon clitoris frottant contre Cole. C'était trop. Ils étaient trop. Mon Dieu, nous étions trop.

« Je vais ... je vais jouir », haletai-je. Mes yeux étaient fermés et je sentais la sueur s'épanouir sur ma peau. Le corps de Cole était si chaud sous mes paumes. La respiration de Declan résonnait à mon oreille alors que je sentais ses hanches se presser contre mes fesses.

« Je suis entré. Putain, Hannah, tu es parfaite ».

Oui, il était dedans jusqu'au fond. Tellement profond, m'écartant tellement.

Il recula lentement alors que Cole plongeait profondément.

« Je suis ... c'est trop ! ».

« Jouis », dit Cole, reprenant son rythme. Pendant que je sentais que Declan se retenait, il me prenait désormais à pleine vitesse, l'entrée toujours serrée, se cramponnant et serrant toute sa longueur alors qu'il bougeait en moi.

Je jouis en effet. Peut-être était-ce parce que Cole le commandait, mais je savais que c'était vraiment trop. Je m'étais retenue dans la vie, dans ma relation avec eux et j'avais manqué le plaisir d'être eue.

Et maintenant, je me livrai à cela. Je donnai tout à mes hommes. Je me tortillais sur les genoux de Cole alors que je jouissais, mes parois intérieures trayant leurs pénis, les voulant de plus en plus profond.

Declan posa une main sur mon épaule alors qu'il me martelait, cria quand il jouit. Il me tenait en place pendant ce temps, mais relâcha lentement sa prise, laissa tomber sa main. Il s'extirpa de moi avec précaution et je sentis sa semence en moi. En se déplaçant sur le côté, il permit à Cole de saisir mes hanches et de me retourner sur le dos. Il me défonça alors sans retenu. « Mon Dieu, Hannah. Oui. J'adore ça avec toi. Je t'aime ».

Son rythme sauvage me fit jouir de nouveau, même si je doutais m'être arrêté la première fois. Je soulevai mes genoux, serrai les hanches, mais il me prit les chevilles et les souleva jusqu'à ses épaules, allant encore plus loin.

Il poussa une fois, deux fois, puis il jouit. Je jouis avec lui. Pas de limites. Pas de restrictions.

Je m'effondrai sur sa poitrine, nos corps moites se cramponnant, sa queue se flétrissant en moi.

Je sentis Declan glisser à côté de moi. Cole se retourna, se plaça entre nous.

« Tu es à nous », dit Cole, répétant les mots possessifs. Oui, ils étaient possessifs et maintenant, je sentais qu'ils pouvaient même être obsessionnels.

Mais rien à voir avec Brad. Ils étaient parfaits. Parfaits pour moi.

BRAD AVAIT GÂCHÉ MA VIE, m'avait forcée à abandonner tout ce que j'avais. Pourtant, à cause de cela, j'avais trouvé l'endroit où j'appartenais. Un mal pour un bien. La lumière venue de l'obscurité.

Je tendis la main et saisis la cuisse nue de Declan, posai mon autre main sur la poitrine de Cole.

Ils m'avaient réclamé, ils m'avaient marqué comme étant à eux... et je ne voulais rien d'autre.

« Vous êtes à moi », jurai-je.

Je savais que je ne me lasserais jamais d'eux et j'avais toute ma vie devant moi.

Lisez Prends-moi vite ensuite!

Ils l'ont réclamée une fois. Après sept ans dans l'armée, ils sont de retour. Maintenant, ils vont la réclamer de nouveau.

Rory et Cooper n'ont pas oublié Ivy. Elle est la seule pour

eux, celle qui est devenue leur, lors d'une nuit étoilée avant qu'ils ne partent en camp d'entraînement. Ils ne s'attendaient pas à passer sept ans avant de la revoir. Elle a changé, elle possède des secrets. Mais ils s'en fichent. Ils feront tout ce qu'ils peuvent pour la posséder. Parce qu'à Bridgewater, un cow-boy ne suffit jamais.

Lisez Prends-moi vite ensuite!

CONTENU SUPPLÉMENTAIRE

Devinez quoi ? Voici un petit bonus rien que pour vous. Inscrivez-vous à ma liste de diffusion; un bonus spécial réservé à mes abonnés. En vous inscrivant, vous serez aussi informée dès la sortie de mes prochains romans (et vous recevrez un livre en cadeau… waouh !)

Comme toujours… merci d'apprécier mes livres.

livresromance.com

OBTENEZ UN LIVRE GRATUIT !

Abonnez-vous à ma liste de diffusion pour être le premier à connaître les nouveautés, les livres gratuits, les promotions et autres informations de l'auteur.

livresromance.com

**TOUS LES LIVRES DE VANESSA VALE
EN FRANÇAIS:**

https://vanessavalelivres.com

À PROPOS DE L'AUTEUR

Auteure à succès reconnue par USA Today, Vanessa Vale écrit des histoires d'amour exaltantes avec des bad boys qui ne se contentent pas de succomber à la tentation de l'amour : ils tombent follement amoureux. Elle a écrit plus de 75 livres qui se sont vendus à plus d'un million d'exemplaires. Elle vit dans l'Ouest américain où elle trouve toujours l'inspiration pour sa prochaine histoire. Bien qu'elle ne se débrouille pas aussi bien que ses enfants sur les réseaux sociaux, elle adore échanger avec ses lecteurs.

https://vanessavaleauthor.com

facebook.com/vanessavaleauthor
instagram.com/vanessa_vale_author
bookbub.com/profile/vanessa-vale
tiktok.com/@vanessavaleauthor

www.ingramcontent.com/pod-product-compliance
Lightning Source LLC
LaVergne TN
LVHW011816060526
838200LV00053B/3805